小說新賞

濟公傳

原著　清·王夢吉等
編寫　劉美瑤

三民書局

　　我常常思索著，我是怎麼成了一個說故事的人？

　　有一段我已經忘卻的記憶，那是一個沒有什麼像樣娛樂的年代，大人們忙著養家活口或整理家務，大部分的孩子都是自己尋找樂趣，妹妹告訴我，她們是在我說的故事中度過童年的。我常一手牽著小妹，一手牽著大妹，走到家附近那廢棄的老宅前，老宅大而陰森，厚重而斑駁的木門前有一座石階，連接木門和石階的磚牆都已傾頹，只有那座石階安好，作為一個講臺恰到好處。妹妹席地而坐，我站上石階，像天方夜譚般開始一千零一夜的故事。

　　記憶中的小時候，我是個木訥寡言的人，所以當小妹說起這段過去時，我露出不可思議的神情，懷疑她說的是另一個人的事。雖然如此，我卻記得我是如何開始寫故事的。那是專三的暑假，對所有要上大學的人來說，這個暑假是很特別的假期，彷彿過了這個暑假就從青少年走入成年。放暑假的第一天，我從北部帶著紅樓夢返家，想說漫長的暑假適合讀平日零碎時間不能完整閱讀的大部頭。當我花了兩個星期沒日沒夜看完紅樓夢，還沒從寶黛沒有快樂結局的悲悽愛情氛圍中脫身，突然萌生說故事的衝動，便在酷暑時節，窩在通鋪式的臥房，以摺疊成山的棉被權充書桌，幾個下午就完成我的第一篇短篇小說、我說的第一個故事。寫完時全身汗水淋漓，用鉛筆寫的草稿也被手汗沾得處處字跡模糊，不過我不擔心，所有的文字都在我腦海中，無需辨認。之後我又花了幾天把草稿謄在稿紙上，投寄到台灣日報副刊，當那個訴說青春少女和遲暮老人忘年情誼的小說變成鉛字出現在報紙副刊，我知道我喜歡說故事、可以說故事，於是寫了一篇又一篇的小說，直到今天。

　　原來是經典小說帶領我走入說故事的行列，這段記憶我始終記

得，也很希望在童年時代還耐不下性子閱讀原典的孩子們，能和我一樣在經典故事中成長。

雖然市場上重新編寫經典小說的作品很多，但對我這個有兩個少年階段孩子的母親來說，卻總覺得找不到適合的版本，不是太簡單，就是太難，要不然就是刪節得不好，文字不夠精確等等，我們看到了這當中的成長空間，於是計畫進行一套經典小說的改寫版本。

首先我們先確定了方向，保留較多文學性，讓這套書適合大孩子閱讀；但也因為如此，讓我們在邀請撰稿者方面碰到不少困難。幸好有宇文正、石德華、許榮哲等作家朋友們願意加入，加上三民書局之前「世紀人物 100」的傳記書系列，也出現了不少有文采、有功力的寫作者，讓這套書可以順利進行。對於文字創作者來說，創意是珍貴的資產，但改寫工作就像化妝師，被要求照著一張照片化妝，不能一模一樣，又不能不一樣，一些作者告訴我，他們在撰寫這系列的書時，常常因為想寫的和原著不太一樣而卡住，三民書局的編輯也常常要幫著作者把寫作節奏拉回來，好幾本書稿都是初稿完成後，又大幅刪修，甚至全部重寫。辛苦的代價便是呈現在讀者面前的這套書——文字流暢、故事生動，既有原典的精華，又有作者的創意調拌，加上全彩印刷、配圖精美。這是我為我的孩子選擇的一套書，作為他們告別青春期的最佳禮物，希望能和天下的學子、家長們分享，也期待這套「大部頭的套書」，經過作家們巧妙的改寫、賦予新生命後，保留了經典的精神，又比文言白話交雜的原典更加容易親近，讓喜歡聽故事、讀故事的孩子，長大後也能說故事、寫故事，於是中國經典文學的精華就能這麼一代一代傳誦下去。

林黛嫚

　　以前有個叫做許不了的諧星曾演過濟公,可能是因為他詮釋得太成功了,大多數的人想到濟公,腦海中就會浮現出祂一身破爛,瘋瘋嘻笑的模樣。我也是。在撰寫這本書以前,我對濟公的印象只有一個「酒肉和尚」,我只曉得祂的一句名言:「酒肉穿腸過,我佛心中留。」除此之外,我和祂,並不熟。

　　為了替這個不熟的人寫故事,而且要寫出一篇有別於「許不了」型的濟公,我實在是絞盡腦汁。除了收集資料,大量閱讀前人寫的故事之外,我特地去拜訪一些奉祀濟公的廟宇,在濟公面前拜拜,祈求祂保佑我寫作順利,甚至還想,既然是寫「神」的故事,我是不是應該要吃齋念佛?幸好我想到,濟公自己都那麼愛喝酒吃肉了,那寫祂的我為什麼要墨守吃素的規矩呢?這才打消齋戒的念頭,潛心在書寫上面著力。

　　在撰寫濟公傳的過程中,個人的閱讀經驗不斷匯入書寫之河,與濟公故事撞擊出新的火花,因此雖然據以改編的故事都是一些舊材料,但是因為雜揉了不同的元素加以烘焙,書中的濟公可也與以往不太相同,不再是一個「諧星」型的濟公。

　　改寫古典小說對我這種喜歡天馬行空、不受拘束的人來說,是一種很大的挑戰,我必須掌握改變的尺度,既要保留原汁又要寫出新味,在撰寫過程中,好幾次因為筆觸太過狂放,使得故事走岔了調,只好忍痛將之刪去;有時候又因為過於遷就原始版本小心翼翼,使得故事流於平淡乏味,當然也只好刪掉重寫。歷經數次刪除、改寫,最後我終於將濟公送回天庭。祂老人家下凡歷劫,我跟著祂走這一遭,一路捉妖除魔、剷除惡人、掃滅亂黨,在壞人俯首認罪時,心中亦是好不痛快,有時寫著、寫著,心裡不免會想,若是現實人

生真有這樣的神仙人物存在，仗義執言，為民除害，那該有多好？
這種「浪漫的童話念頭」是作者個人的幻想，也是對人心迷離、邪
逆競出的現世的感嘆！

　　我雖沒有濟公的法力，但幸好我有一支筆，可以書盡人間不平
事，在書頁與書頁間實現正義，這，也算是一種撫慰人心的方式吧！

劉美瑤

濟公傳 目次

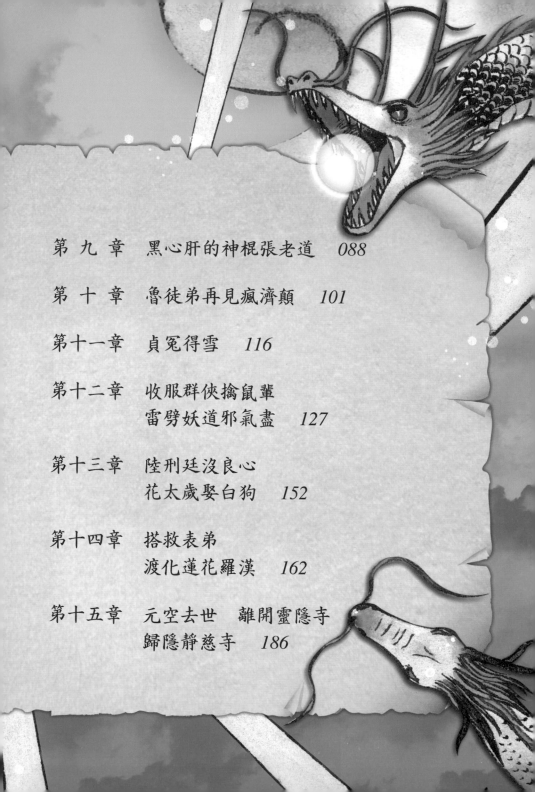

一、濟公其來有自

　　濟公傳的主角濟公在歷史上是真有其人，他是南宋浙江天台縣人，本姓李，名修緣，十八歲時父母雙亡，為雙親守喪三年之後，就前往杭州西湖靈隱寺出家，法號「道濟」。根據明朝田汝成撰述的西湖遊覽志餘，道濟和尚舉止癲狂，酒肉不忌，經常與市井小民打交道，因此才會有「濟顛」的封號。因為其行為癲狂，被其他僧人厭惡，在收他為徒的師父遠瞎堂住持死後，道濟便轉居靜慈寺，直到七十三歲才過世，死時呈現端坐誦經姿勢，因此後人說道濟已經修練成活佛。

　　西湖遊覽志餘記載的故事較為寫實，並無神怪色彩。另一部書錢塘湖隱濟顛禪師語錄敘述道濟原本是紫腳羅漢投胎，雖然行為放浪，遊戲人間，但上至王侯富豪，下至販夫走卒皆與道濟結識。他為人治病、行俠仗義，受其恩澤的人遂將其神話化，敷以玄奇法力，並將這些傳說寫成故事。例如有的版本敘述道濟和尚在靜慈寺修行時，發生火災，幸賴道濟以袈裟籠罩全寺，方使靜慈寺免陷火窟。到了清朝有王夢吉撰述濟公全傳三十六則，天花藏主人則寫醉菩提全傳二十回描繪濟公事跡，古吳墨浪子的南屏醉迹則寫了九回的濟公故事。再來的評演濟公傳二百四十回，則是根據這些著作再加以

擴大而成。 而現在流傳最廣的濟公傳二百八十回則是後人續寫所成，多出來的後四十回情節與前二百四十回有諸多雷同之處，描述濟公顯神通的比例大幅降低，情節偏重於江湖恩仇、誅殺匪徒，諸多內容用詞較為不堪，有狗尾續貂之憾，因此，我在改寫濟公傳時決意刪除後四十回，從前二百四十回裡頭挑選單元加以改編。

二、濟公與信仰

信仰，占據中國人生活的大部分，尤其在帝制時代，階層分明，皇親國戚、官府富豪等憑藉權力，任意操弄一般百姓。在這樣的時代，平民唯有求助信仰來撫慰不公不義的現世，於是像濟顛這樣的人物便應運而生。他舉止瘋癲放蕩不羈，無視王法規矩的存在，敢挑戰權威，好打抱不平，為窮人、弱勢發聲，因此他的生平被繪上神奇色彩，將他形塑成一個法力高強、嫉惡如仇，卻又懷抱悲憫、平易近人的癲和尚，因為這些廣為流傳的神奇故事，使得他在民間擁有廣大信眾。官方對這些故事其實並不會抱持打壓的態度，雖然其中有諸多章回描述貪官汙吏的惡行惡狀 ，但因為背景為南宋前朝，再加上這些為非作歹之人最後必遭惡報的下場，在民間變成比律法更為有效的意識形態：多行不義必自斃。這樣的意識形態彷彿無形的警網，告誡百姓不可作惡，否則必有壞下場。兼具撫慰人心以及警世作用的濟公故事，因此得以為更多人傳頌，膜拜濟公、相信濟公的信徒也於焉增加。

三、不一樣的濟公

在撰寫濟公傳時，我翻遍坊間的濟公故事，發現大部分的版本都是將濟公塑造為一個瘋瘋癲癲、在嬉笑怒罵間抓妖降魔、鏟奸除

惡、愛喝酒、愛吃狗肉的和尚，在人物形象上稍嫌扁平。而在故事撰寫上，因為濟公故事單元眾多，有些版本為了一網打盡所有篇章，因此行文如趕車，帶著讀者走馬看花，交代了情節的演變，對於人物內心的轉折卻著墨較少。誠然，若以宗教寓意的角度來看，捉妖降魔、除暴安良的結局和善惡分明的人物已達到規訓百姓的目的，而正邪雙方在鬥法的畫面，透過說書人的口也能引起聽眾的興趣，但是對於現今的小讀者，我總覺得有些不足，或是太過，因此，在這本濟公傳中，我做了不少增刪。

首先，在主角設定上，我以為濟顛和尚不應該只呈現骯髒、落魄、不羈的一面，在我看來，他的癲狂應該更偏近於童真浪漫，因此在撰寫時除了描述他的瘋癲之外，也應刻劃他的悲憫，不只寫出他的喜怒，也應該彰顯他的哀愁，因此我在書中加入不少濟公悲憐天下蒼生的心境描寫。至於其他的配角徒弟們，舊本書中將其描述為江湖豪傑或是草莽鉅富，我則是把裡面的江湖豪傑如陳亮、趙斌等人的年齡層降低，設定為遊少年紀，以增添活潑氣息。此外也可襯托出濟公純真的童心。

其次，在故事敘寫方面，我先在第一章事出必有因為「羅漢下凡」添加了一則傳說，敘述降龍羅漢「道濟」是為了收拾蓮花羅漢「慧」負氣灑落人間的惡果，而下凡歷劫遭受千萬苦難，濟公的故事也於焉展開。在原本的濟公傳中確有蓮花羅漢此角，因為做錯事投胎下凡，成為道濟無緣的未婚妻劉素素，後受道濟渡化出家。我想，既然他們都是羅漢下凡，在人間又有「無緣的夫妻緣」，那麼何不將他們的緣分再多著色幾分，以增加故事的曲折呢？因此才有這個嶄新的章節產生。

至於書中圈選的章節則是根據濟公傳中，我認為比較有趣的部分加以改寫。首先，刪去舊本濟公傳中多則隱含性別偏見、不合時宜的故事；再者，情節類似的篇章，例如濟公傳中有多則戲耍老道的故事，我只取一、二則；並選取比較經典的篇章，例如董氏父女相會、火燒大碑樓、整治秦丞相、捉拿華雲龍、白水湖收妖、道濟與表弟相會、渡化蓮花羅漢等故事加以改寫。雖然選取的篇章並不如坊間的濟公傳那般繁多，但是我認為把每篇故事當做單獨的短篇小說來處理，多著墨在人物形象的塑造以及內心的描述上，小說裡的人物才會鮮活，才會立體。除此之外，我還摻揉了不少現代元素，例如在惑亂人心的妖怪粉中，將妖女魅惑人心改為妖怪製毒品害人，藉妖怪為自己的妖權辯護諷刺自以為是的正道也可能貽害天下（指蓮花羅漢負氣一事）；在貞冤得雪一章中，改變趙玉貞的瘋女人形象，將她塑造為一個勇於捍衛自己名譽的前衛女性，她的「瘋」不僅是一種保護自己的偽裝，也暗示這是父權體制強加在她身上的桎梏。而在收服華雲龍的故事中，除了描述濟公擒拿盜匪的過程之外，也在結尾強調濟公悲憫受害人的心情。至於原本描述濟公愛吃狗肉的形象，我將他修改為吃一般的燒肉，雖然當時吃狗肉有其時代背景，但是為了讓全書的濟公形象一致，讓現代的小讀者容易接受，所以我在這個部分做了修改。

　　以上這些改編都是為了讓濟公傳裡的人物形象更為鮮明、更有血肉，並讓故事更為有趣活潑，希望這樣的改編能給讀者們一個有別於以往的濟公形象，希望讀者們一想到濟公，腦袋裡面不會一致化的浮現出「右手執破扇，左手拿酒壺的骯髒和尚」，而能有多個

面貌在腦海中出現：有怒打惡人的濟顛，有俠骨柔情的濟顛，有淘氣活潑的濟顛，也有悲憐弱苦的濟顛。總之，希望讀者們會喜歡這個不太一樣的濟顛。

寫書的人
劉美瑤

　　某歐巴桑，居住於最繁華與最蕭條之間：推開右窗得見華麗的百貨大樓，打開左窗則是一排低矮的違章建築。反差的空間塑造此人外冷內熱的個性，嗜讀小說，愛看電影、電視，偏好推理、恐怖、科幻類型，目前正於某深山中進修兒童文學，期望有下山的一天……

濟公傳

一第一章 事出必有因

　　永恆的時空中，在遼闊而蒼茫的河畔，一名身穿白衣、懷抱木匣的男人，從路的那頭往河邊飛奔過來，男人一邊走一邊回頭張望。來到河邊，看見驚濤拍岸，河面上的白浪猶如雪崩一般的嚇人，但是男人不但不驚慌，反倒露出了微笑。

　　「終於到了！」他喃喃自語著，並且一邊撫摸著手中的木匣。

　　他掀開木匣，一串黑珍珠項鍊正躺在匣中散發著炫麗奪目的光芒。看見項鍊，男人原本僵硬肅穆的臉龐變得柔和許多，他小心翼翼的闔上蓋子，準備走入河中。

　　「等一下！」

　　聽見呼喊，白衣男人回頭，原本柔和的面孔又蒙上一層寒霜。

　　「降龍，你來跟我道別嗎？」

　　被喚做降龍的灰袍男子緩緩走到白衣男人面前，

輕搖手中的葵扇，微笑著說：「朋友一場，你要走也不說一聲，還要我自己追來。」

「反正你遲早會知道，不是嗎？」白衣男子慢慢向後移動，影子已經浸入河中。

「慧，把那給我！」灰袍男子收起手中的葵扇，皺眉看著慧懷中的木匣。

慧不禁惱怒起來，他把木匣藏到身後：「如果我不給，你要來搶嗎？」

「你不要為難我。」降龍輕輕嘆了一口氣。

「為難我的是祂，是你！」慧的眼睛逐漸充血，音量也逐漸變大：「當初說好，我們一起登上天界，位階不分大小，平起平坐，可是根本不是這樣，憑什麼你的位階比我高？」

「位階高低有什麼差別呢？我們各司其職，誰也不管誰，不是嗎？地位、名分，都是虛假、無意義的身外之物，你不應該在意才是啊！依我看，你是受了你懷裡的欲念珍珠影響，開始有了分別心和欲望，再這樣下去，你會越陷越深，到時候就無法待在天界，要下去重新修練了。快點，把木匣還我，跟我回去，或許我可以助你一臂之力，拔除欲念。」

慧輕蔑的「哼」了一聲：「不用假惺惺，我才不需

要你的幫助，有了這串欲念珍珠，我在下面就可以唯我獨尊，再也不用對別人唯唯諾諾。」

降龍眼裡閃著悲憫：「你這是沉淪啊！而且下面的人將受這些欲念牽引，滋生許多災難，你發發慈悲心吧！」降龍痛心的說。

一把怒火在慧的心中熊熊燒起，他一腳踏進河中，雙手高舉木匣。

「什麼沉淪？是提升。我會用這串欲念珍珠在『下面』創建我的理想天地，到時候我會把下面經營得比這裡還好，那時候祂就知道我的能力不在你之下了。」

降龍神情更加凝重，他走向前，誠懇的對慧說：「這串欲念珍珠只會讓人產生無窮盡的欲望，然後生出無數邪惡念頭來滿足它，欲念橫生、邪惡四起，到時候下面的人只會越來越痛苦。就因為它的浸染力如此可怕，連你我都無法抵擋，所以師尊才把它封印起來。如今你揭開封印，受欲念影響，才會一直沉溺在虛妄的幻想中。現在唯一能做的就只有儘速將這欲念珍珠歸還回去，你跟隨我回去閉關修行，才可解除這受了欲念宰制的苦楚。快點跟我回去吧！」

慧搖頭：「來不及了，降龍，如果你真的認為我們是朋友，我拜託你，放我走吧！我保證下去之後會利

用它來做好事，真的。」

　　降龍略略低頭，似乎是在思索。就在這個時候，慧抱著木匣往後一跌，降龍大吃一驚，急忙將手中的扇子往慧身上射去。沒想到葵扇打中木匣，項鍊從木匣中掉了出來，發散出奪目的光芒。剎那間，一層黑霧籠罩大地，四周變成漆黑一片。

　　當黑霧褪去時，降龍環顧四周，眼前只有白浪翻騰激湧，慧的身影、木匣、匣中的項鍊早已消失得無影無蹤。

　　「欲念珍珠墮入凡間，唉，下面的人要受苦了。」蒼老的聲音在降龍背後響起。

　　降龍回頭，看見原來是祂，急忙俯首行禮：「師尊，對不起，都是我不好。」

　　祂搖頭：「不怪你，這是慧必須要經歷的劫數，只是，牽連那麼多人，實在是……」

　　降龍既自責又不忍的看著滾滾白河，一會兒，他閉上眼睛，嘆了口氣，轉身面對祂，雙膝下跪，呈上手中的葵扇：「師尊，請您讓我下去吧！我想下去幫助那些受牽連的人們。」

　　祂抬頭看著降龍，皺紋因擔憂而聚攏在一起：「下

去，要歷經千磨萬難之苦，你真的願意承受？」

「如果我一人受苦能換來多人免受牽累，我甘願。」降龍的回答很堅定。

祂嘆了口氣，食指往降龍手中的葵扇輕輕一點，原本漂亮的葵扇馬上變得破爛不堪。

降龍有些訝異：「您……不將葵扇收回？」

祂笑了，笑容裡含藏著許多憐惜和滿滿的關懷：「你自願下凡助人脫離苦海，難道我不應該給你一點小小的支持嗎？」

降龍聽了感動的低下頭來，他緊握手中的破扇子，聲音嘶啞了起來：「師尊，謝謝您。」

「你去吧，自己保重。」

祂衣袖一揮，降龍感覺一陣香風迎面襲來，令他昏昏欲睡，不由得閉上眼睛，身子往後一跌，跌進河中。

一第二章 善人得子修緣來

南宋，浙江。

「碰」的一聲巨響，把正合掌拈香、誠心參拜的李茂春和夫人王氏嚇了一大跳，兩人轉頭一看，不得了！羅漢堂中第四尊羅漢竟然從蓮臺上墜落，跌在地上。李茂春和王氏你看我、我看你，臉色不禁有些發白，李茂春更是緊皺眉頭。

李茂春原本是京營節度使*，後來辭官回到故鄉浙江天台縣。返鄉後，他總是扶危濟困、樂善好施，是出了名的大善人，深受鄉民的敬愛。但是年過四十，卻還沒有孩子，因此鄉里間尖酸苛薄的人就在背後批評他，說他雖然做善事，卻不存善心，只是為了謀取名聲，不是一個真正的善人。這些刻薄話傳進李茂春

---

*節度使：官名。最早是唐朝設置在邊疆的官，漸漸的全國各地都設置了節度使。節度使掌管數州的財稅、人事任用以及軍權。到了宋朝，節度使成為一個虛銜，有官位但是無實權。

的耳裡，讓他內心非常難受，因此他決定和夫人一起上天台山的國清寺拜佛求子。沒想到兩人才剛開始祝禱，卻遇見羅漢突然墜地這樣奇怪的事，李茂春不禁擔心：難道佛祖也嫌他不是真心向善，所以不肯答應他的願望嗎？

就在李茂春夫妻二人不知所措的時候，國清寺住持性空長老聽了小沙彌的報告，踏進了羅漢堂。他見到墜地的羅漢，立刻笑開了嘴眼，雙手合十對李茂春說：「善哉善哉，佛祖顯靈，李員外，您即將有個兒子啦！」

「是嗎？」李茂春疑惑不已。但是看見性空長老如此肯定，他也只好暫且壓下心中的疑慮，笑著回禮。

李茂春返家後，王氏真的懷孕了，十個月之後平安產下一個白白胖胖、面貌清秀的小男嬰。神奇的是，這孩子出生時，李家院落不僅紅光罩頂，而且飄著一股奇異的香味，李家的傭僕們紛紛猜測：「降生的小公子該不會是神仙投胎來的吧！」

隨著香味從王氏房裡飄出來的，是如雷的哭聲。這名剛出生的小男嬰不僅哭聲洪亮，而且一哭就哭了三天，任憑眾人怎麼哄，他就是不肯停止哭泣。好不容易得子的李茂春原本高興萬分，但是聽見兒子哭個

不停，心裡不免擔憂：「再這樣哭下去，萬一哭壞了身體就糟啦！」就在他發愁的時候，性空長老登門拜訪，說有份大禮要送給李茂春，恭賀他喜獲麟兒，並且想看看這個初生的孩子。

　　於是李茂春便把兒子抱出來給性空長老看。說也奇怪，原本還在哇哇大哭的孩子，一見到性空長老立刻轉哭為笑，咧開嘴來、笑瞇瞇的看著性空長老。性空長老慈愛的摸摸小娃娃的頭：「好久不見啦！上面可好哇？」

　　小娃娃像是回應長老的話一樣，咿咿呀呀發出聲音，在一旁觀看的李茂春還有其他客人不禁張大眼睛，嘖嘖稱奇：「怎麼有這麼聰明的孩子？」

　　性空長老把孩子還給李茂春，跟他說：「員外，不知道我有沒有這個榮幸幫他取名字呢？」

　　李茂春聽了，開心的回說：「長老，您這麼說太客氣了。那天在羅漢堂，因為您的一句話，我今天果真得了一個好兒子。今日我正為小兒不停啼哭心中煩憂，長老您來訪，娃娃見了您就不哭了，可見這孩子跟您有緣，您能幫小兒取名字，那是最好的啦！」

　　性空長老撫鬚點頭：「那麼，我就給他取個名字，叫做李修緣吧！」

「修緣，嗯，好名字、好名字，謝謝長老。」李茂春再三道謝，並將長老留下來吃齋飯，之後再派僕人送他回國清寺。

而李修緣從此之後，一路平安順利的成長，再也沒有這種大哭大鬧的情況發生。

隨著時光流轉，李修緣越長越清秀，越長越俊逸。除了出色的外表之外，李修緣天資聰穎，更難能可貴的是他的個性非常穩重祥和，鄰里的人見了他都稱讚說：「從沒見過氣質這麼出眾，個性又如此平靜的孩子。」他的家教老師杜先生常常跟人說：「修緣將來一定是個了不起的大人物！」

可惜天有不測風雲，在李修緣十四歲那年，李茂春過世了。

李茂春臨終前把家業託付給李修緣的舅舅王員外，並且囑咐王氏，一定要將李修緣扶養成為一個鼎鼎有名的大人物。但是不到兩年，王氏也死了。

李修緣先後失去雙親，心中哀慟不已，他誠心的為父母親守喪三年。這段時間，王員外勸他去參加秀才的考試，勸了好幾次，他都推辭，以前常讀的那些四書五經他也不碰了，反倒是常常讀一些跟佛學有關的經書。

轉眼間，李修緣已經十八歲了。這天，他悄悄來到李茂春墳前，恭恭敬敬的跪在墳上叩了三個頭，跟李茂春說：「爹，功名路不是我該走的，我已經有命定的路，修緣該去修習既定的緣分了。」李修緣對著李茂春的墳恭敬的叩了最後一個頭，起身脫下漂亮的綢緞外套，露出裡面一身樸素的灰袍，轉身離去。

　　從此，天台縣李家失去了李修緣的蹤跡。

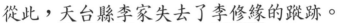

第三章　靈隱寺來了瘋濟顛

　　從小，就有個聲音在李修緣腦海裡迴盪著，叫他走出去，去走他命定的道路，因此他才會選擇在父母雙亡、守喪期滿後離開李家。但是走出家門之後，他也不知道自己未來究竟該歸往何處，因此只好隨便選條路，漫無目的的往前走下去。

　　隨著時光遷徙、旅途跋涉，李修緣的穿著打扮逐漸邋遢破爛。因為他離開李家時並沒有攜帶任何錢財，因此不僅無法為自己添購新裝，也無法投宿客棧。有時候路過寺廟，有些住持可憐他，願意收留他在廟裡住一晚，他還可以趁機會梳洗一下，但大多數時候，李修緣只能隨便找個街角窩一晚。

　　餐風露宿的生活一點一滴改變了他俊逸的外貌，塵煙汙垢讓他與街上的叫化子幾乎沒有兩樣。

　　骯髒的外表讓他遭受路人的輕蔑，也帶給他許多從小未曾見過的震撼。

　　以前他是李公子，用的、吃的、穿的都是上等貨，

往來結交的也都是富貴人家，如今他形同乞丐，露宿街頭，眾人根本只當他是塊石頭，各種人生百態不加修飾的在他身邊上演。他看見貧苦百姓為生活奔波的窘迫，看見地痞流氓暴取財物的猖狂，看見有錢人驅趕窮困老人時的跋扈，也看見惡官吏斥責小百姓時的囂張。

種種不公不義就像是棒槌一般不停擂打著他的心，催促著他必須有所行動。可是，如今他只是一個又窮又髒的叫化子，能做什麼呢？

李修緣想：「難道，冥冥中說的那條命定道路，就是要我看盡人生悲苦，卻無所作為嗎？」

這些憤怒、這些鬱悶、這些苦楚，只有在入廟參拜，對著佛祖的時候，才能獲得緩解，因此李修緣在沿途中，若是遇見寺廟就一定會入內參拜。有些寺廟並不排斥他入內禮佛，有些寺廟則遠遠看見他，就拿著掃把要趕他走。儘管被驅趕的經驗多過被接納的經驗，但是李修緣一看見廟宇就仍然忍不住想走進去，因為他總覺得，盤坐在大殿上、垂眉斂目的佛祖似乎有話對他說，而那些話，他有預感，會解答他心中的疑惑。

這天傍晚，李修緣來到首都臨安西湖的靈隱寺。寺廟門口有棵大樹，他看寺門已經關閉，便在樹下歇息，準備等明天一大早，廟門開了再入內參拜。

第二天大清早，靈隱寺外的蟬就開始鳴鳴不休。

小和尚志清走出寺外，一邊掃地一邊嘰哩咕嚕的抱怨著：「說好一人輪一天的，昨天是我，今天就該換志明啊，怎麼又是我？哼！」志清越想越不開心，忍不住舉起掃把往大樹打去，樹上的蟬兒受了驚嚇，瘋也似的叫得更凶。志清聽見蟬噪更氣，發起狠來拚命擊打樹幹，弄得落葉紛紛，蟬兒轟轟狂叫。

志清掃把一丟，仰頭指著樹上亂飛亂繞的蟬兒大喊：「看你們還敢不敢大清早就吵人。」正說著，一條水線從樹上嘩啦落下，剛好落在志清臉上。志清跳到一旁，雙手胡亂抹臉，嚷嚷著：「唉呀，什麼東西？好臭！」

「是蟬尿啊！專治脾氣暴躁喔！」

「誰？」

志清一跳，往後面一看，只見一個衣衫襤褸的男子坐在牆邊，這人正是李修緣。志清嫌惡的打量他一頭油膩的長髮和滿身的汙泥，說：「哪裡來的瘋漢，竟敢坐在靈隱寺外胡言亂語，還不滾開。」

「小師父脾氣好大，看來一泡蟬尿不夠，得多幾泡才行喔！」李修緣話才說完，樹上的蟬彷彿聽得懂人話似的一起朝志清噴尿，志清閃避不及，被噴了滿頭滿臉。

李修緣發現自己竟然能指揮蟬兒，心裡先是嚇了一跳，隨即看見志清狼狽的模樣，又忍不住哈哈大笑：「我李修緣長這麼大，從沒見過有人用蟬尿洗臉，真是有趣！」

志清抹掉尿水，氣得拿起掃把往李修緣頭上砸下去。

李修緣身體往左一傾，像是狗爬似的往旁邊竄開，嘴裡喊著：「救命啊！小師父亂打人啊！」

李修緣左閃右逃，跑進靈隱寺內，兩人在大殿前的廣場上演追打記，這個陣仗驚動了寺內的監寺廣亮，他走出大殿一喝：「志清，你在做什麼？」

志清停下動作，不停的喘氣，手指著坐在地上的

李修緣：「監寺，這個瘋子一大早就在寺廟外說些瘋話，還亂闖進廟裡，我正想趕他出去……」

廣亮輕蔑的看了李修緣一眼，輕輕「嘖」一聲就轉身預備離去。

志清知道廣亮的心意，於是拿起掃把大喝：「瘋子，監寺要我趕你出去，你是要自己滾，還是要我用掃把將你打出去？」

李修緣看著廣亮背影，忍不住大喊：「難道瘋子就不能禮佛？」

廣亮回頭，瞪著李修緣，心想：這個骯髒的瘋漢竟也懂得「禮佛」這麼優雅的詞？該不會是整天混在廟口乞討學來的吧？一想到這裡，他對李修緣就更加不屑了。廣亮說：「瘋子不懂禮貌，怎麼『禮』佛？」

李修緣冷眼瞧著穿著氣派、神態威嚴的廣亮，心裡忍不住一嘆：又是一個只講究外表，卻不修行內在，只會以貌取人的出家人。

「禮佛以心，你怎麼知道我的心是瘋的呢？」

廣亮一時無言以對，瞬間面紅耳赤。廣亮自幼出家，因為天性聰慧，又熟讀經書，年紀輕輕就被賦予監寺這個重責大任，在靈隱寺向來是以能言善道為人所稱讚，好幾次跟人辯論佛法，都占上風。現在卻被

一個來路不明的瘋子給堵得說不出話來，心高氣傲的他當下對<u>李修緣</u>起了怨恨心，恨不得一腳把他踢出寺外。

「<u>廣亮</u>，早課時間已到，你們怎麼還在外面？」

眾人回頭，原來是住持<u>元空</u>長老走了出來。

<u>元空</u>長老看見<u>李修緣</u>，先是愣了一愣，然後雙手合十微笑：「你終於來了！阿彌陀佛！」

<u>元空</u>長老是得道高僧，已經看出<u>李修緣</u>前世正是<u>降龍羅漢</u>，此次下凡，一來是解除黎民蒼生之苦，取回欲念珍珠，二來是為了渡化誤入歧途的<u>蓮花羅漢</u>「<u>慧</u>」。然而<u>李修緣</u>因為受凡胎俗體所困，靈性未開，而<u>元空</u>長老正是開啟<u>李修緣</u>靈性的那把鑰匙。

<u>元空</u>長老走近<u>李修緣</u>，伸出右掌，突然就往他腦門上重重的拍了三下，瞬間，<u>李修緣</u>全身像被冰水淋下一般，顫了幾顫，靈魂隨著目光穿越<u>元空</u>長老，穿越時空，穿越浩瀚雲煙、滾滾白河，然後他看見白衣男子、灰袍男子、師尊，還有墮入凡間的黑色珠子……。

「啊？」在經過<u>元空</u>長老這

麼一拍之後，就像是撥雲見日一般，<u>李修緣</u>終於明白了，原來讓他以賤陋之身見證人生百態，是要讓他體會人民之苦。原來他命定的路就是要找回遺落的欲念珍珠，渡化被欲望枷身、被邪惡侵占心房的蒼生，還有他昔日共同修行的友人「慧」。

「賜你法號『<u>道濟</u>』，以後，你就在<u>靈隱寺</u>修行吧！阿彌陀佛。」

<u>李修緣</u>恭敬的對<u>元空</u>長老鞠躬，念了聲：「阿彌陀佛。」

<u>元空</u>長老的決定讓眾人大吃一驚，<u>廣亮</u>更是極力反對：「師父，此人來歷不明，又是個瘋子，你怎麼可以讓他在我們這裡出家呢？」

<u>元空</u>長老搖頭微笑：「這是天意！」

<u>廣亮</u>眉頭一皺，還想發言，<u>元空</u>長老向<u>廣亮</u>舉起手，表示別再多說了。

就在眾人的疑慮中，<u>元空</u>長老替<u>李修緣</u>落髮剃度。從此<u>靈隱寺</u>裡便多了一名和尚——<u>道濟</u>。

第四章　有狹心症的廣亮

　　雖然元空長老給李修緣取了法號道濟，但因為他剛進靈隱寺，就在大家心中烙下一個瘋子的形象，所以寺裡的師兄弟都叫他「瘋和尚」。

　　這個瘋癲的名聲傳出靈隱寺，漸漸的，臨安城的百姓也都喚他「瘋和尚」。道濟並不討厭這個綽號，因為他發現：面對比自己卑賤弱小的人時所呈現出的面貌，才是真正的面貌。自己瘋癲骯髒的外表就像是一帖試劑，可以驗出人的善惡。善良純真的人看見的是道濟悲天憫人、樂於助人的心，因此不僅不懼怕厭惡，反而喜歡接近他；而邪惡虛偽的人，只注意他顛三倒四的言行和汙穢破爛的外表，因此一見他就皺眉輕鄙。

　　為了驗證人心，道濟故意以瘋癲的外貌示人，他刻意蔑視禮教，試探人們的反應；故意裝瘋賣傻，藉機觀察他們的表情與內心。他查探誰是需要幫助的，並以不著痕跡的方式加以指點；而誰是需要教訓整治的，他就出手主持正義。因為手段有時滑稽荒唐，反

倒又加深了人們對他的瘋癲印象。

　　久而久之，人們不再稱呼他「道濟」，而以各種綽號稱呼他，如「瘋和尚」，或是「癲和尚」、「瘋濟顛」。有的人這麼叫喚他時，心裡並不是真的討厭他，把他當瘋子；但有的人這樣叫他時，語氣則是充滿蔑視，廣亮就是其中一個。他叫喚濟顛的語氣不僅輕蔑，而且充滿了嫉恨。

　　廣亮認為出家人該有的莊重嚴謹，濟顛一樣也沒有，所以他不解：明明是個髒臭的瘋叫化子，住持為什麼收他為徒，還親自替他剃度？更氣人的是濟顛出家時間很短，懂什麼佛法？竟敢大言不慚的和住持談論佛學；而更怪的是，住持對他的見解還頗為稱道。

　　濟顛的存在，就像一根刺扎在廣亮心上，尤其一想到當初濟顛讓他當眾丟臉那件事，廣亮就恨得牙癢癢，巴不得馬上除去濟顛以消心頭之恨。

　　這天，大家都在做功課，廣亮氣沖沖從後院奔進來：「這張當票是怎麼一回事？『僧袍一件一兩五文。』說，誰把僧袍拿去當了？」

　　大家面面相覷，沒人回應。廣亮正要問第二次時，「咚」的一聲，竟然有根骨頭砸在他的腦袋上。廣亮

皺眉撿起骨頭，抬頭一看——

嚇！躺在橫梁上，正在啃肉喝酒的，不是<u>濟顛</u>嗎？

<u>廣亮</u>破口大罵：「<u>道濟</u>，你好大膽子，竟敢違背戒律吃肉喝酒，該當何罪？」

「師兄，大家是修口不修心，我是修心不修口，更加可貴哩！」<u>濟顛</u>大口嚼著雞腿，嘴巴咂咂作響。

「強詞奪理！我問你，這張當票是怎麼一回事？」

<u>濟顛</u>喝了一口酒，抹抹嘴巴：「唉呀，師兄，別氣了。你那件僧袍本來只能當一兩，是我會講價，老闆才肯多出五文錢。這價格已經不錯了，你氣什麼？」

「什麼？你當的難道是我新做的那件僧袍？」

昨天舉辦說法大會，每間寺廟都派出一名和尚輪流上臺說法，<u>靈隱寺</u>派出的正是<u>廣亮</u>。為了這次的大會，<u>廣亮</u>特別訂做了一件新的僧袍，準備在臺上大出風頭，沒想到要穿的時候竟然找不到，他只好穿了平常的袍子上臺。雖然袍子不影響說法的表現，但是<u>廣亮</u>總覺得不舒服。他原本以為袍子是自己弄丟的，現

在竟然發現是被濟顛給偷去當了買酒肉吃。

　　廣亮咬牙：「原來是你搞鬼，害我穿舊袍子上臺。」

　　「穿舊袍、穿新袍，說的法不都一樣嗎？」濟顛回他。

　　「我氣的不是這個！你……你給我滾下來！」廣亮雙手握拳，恨不得朝濟顛腦門打下去：「出家人吃葷喝酒已經夠不像話了，你還偷竊？下來，今天我一定要好好處罰你！」

　　「師兄，你這話有問題，你都說要處罰我了，我還會乖乖下去嗎？」濟顛嘻皮笑臉的說著，跳到另一根梁上，再幾個跳躍，飛出殿外不見蹤影。

　　廣亮又氣又惱，心裡想著：一定要跟元空長老稟明此事，務必要讓濟顛被治罪。

　　可是，廣亮沒想到，元空長老竟然說：沒有贓物，不能憑濟顛胡說八道的話就治他的罪。廣亮只好按下脾氣，私下要志清、志明兩人監視濟顛，準備來個人贓俱獲。

　　志清、志明聽從廣亮的命令，監視濟顛的行動，可是已經幾天過去，卻都沒有什麼不妥的事情發生。一日午後，悶熱難耐，志清二人被暑氣蒸得昏昏欲睡，

曚曨之間似乎瞧見濟顛背了一個大包袱，正準備翻牆出去。志清連忙跳起來大喊：「抓賊啊！」

　　兩人衝上前捉住濟顛，硬是將他拖去元空長老面前。

　　廣亮看見濟顛和他背上的大包袱，不禁露出得意的笑容，他對元空長老說：「道濟鬼鬼祟祟背著這麼大的包袱想溜出寺外，可見這包袱裡頭必有古怪，我認為他八成是偷了什麼東西，想拿去賣錢買酒喝。住持，上回您說沒贓物所以無法處罰道濟，現在……」廣亮手指著包袱，冷笑兩聲，「可說是人贓俱獲。我們靈隱寺怎麼可以有這種會偷竊的和尚呢？為了導正寺規，請住持先罰他五十杖，再把他逐出寺外。」

　　「師兄，我除了靈隱寺外，已經無處可去，你把我逐出靈隱寺，不是要我走投無路嗎？」濟顛一臉愁苦，拜託廣亮手下留情。

　　但廣亮不理會，反而要元空長老趕快做出判決。

　　「廣亮，就算道濟真的有錯，難道我們不該給他改過自新的機會嗎？」元空長老問。

　　「不行！犯錯就該處罰，何況他犯了重罪，絕對不可饒恕。」

　　廣亮心想：好不容易找到理由可以把濟顛趕出去，

當然絕對不放過他。

「出家人應該心懷慈悲，況且他是你的師弟呀！」元空長老又勸了一句，廣亮依舊堅持。元空長老無奈的嘆了口氣，命令濟顛打開包袱給大家看。

誰也沒料到，包袱一打開，一大坨牛糞「啪」的掉在地上，立刻臭味四溢。大家急忙捂住鼻子，退後好幾步。

濟顛搖搖頭，手指向地下的牛糞，無奈的說：「我看我們寺廟後院那棵桂花樹好像營養不良，因此特地跟人化來牛糞施肥。唉，我真是不懂，難道我們化緣只能化金銀財帛、米麵食糧，卻不能化牛糞嗎？」

濟顛一邊說，一邊誇張的嘆氣。

元空長老兩手一攤：「寺規的確沒有說不可以化牛糞啊。廣亮，我問你，我該用哪條規矩來處罰他？」

旁邊的小和尚們捂著嘴鼻，想笑又不敢笑。廣亮眼見自己出糗，又氣又窘。

元空長老又說：「你剛才說道濟偷竊，可是這牛糞

明明是他化來的，可見你誣賴他。<u>廣亮</u>，你說這誣賴好人，有沒有犯寺規，該不該重罰？」

<u>廣亮</u>的臉由紅轉黑，說不出話來。他是監寺，最清楚寺規：誣陷他人應罰十杖，挑水一個月。

聽見<u>元空</u>長老這麼說，幾個向來看不慣他驕傲獨斷行為的師兄弟紛紛出聲，認為應該給<u>廣亮</u>一個警惕，才能服人。看到這個場面，<u>廣亮</u>面色更加難看，但也只能含恨接受處罰。

肉體的疼痛並未使<u>廣亮</u>察覺自己的妒忌心，反而滋生出另一股邪惡的害人心。他暗自發誓：「全都是<u>濟顛</u>的錯，總有一天，我要讓他嚐到更大的痛苦。」

<u>廣亮</u>用力咬牙，咬得牙齒格格作響。負責杖責的師兄不知道<u>廣亮</u>心中的想法，還以為他是痛得咬牙，趕緊打輕一些，免得日後遭到報復。

這件事情過了幾日，某天下午<u>濟顛</u>又是喝得醉醺醺的，才搖搖擺擺的回到<u>靈隱寺</u>。經過<u>廣亮</u>身旁，<u>廣亮</u>叫住他：「<u>濟顛</u>，你又喝酒了？」

<u>濟顛</u>打了個嗝，醉眼惺忪的笑著回說：「師兄好聰明啊，一猜就中。」

「你滿身酒味就像跌進酒桶一樣，誰不知道？」

廣亮正想繼續罵他，突然心中惡念一閃，改口說：「你既然喝醉了，今天的晚課就不用做了，趕快去睡覺吧！」

「多謝師兄！」濟顛抱拳謝過廣亮，搖搖晃晃的爬上大碑樓睡覺。不一會兒，大碑樓上就傳來濟顛響亮的打呼聲。

到了半夜，廣亮偷偷爬上大碑樓，蹲在樓梯口，取出懷中的火種點火後丟進炭爐裡，然後用扇子拚命搧火。

廣亮一邊搧，一邊在心裡恨恨的說著：「睡吧，最好永遠別醒。」

一會兒炭爐生起幾點火花，廣亮心裡歡喜，手搧得更用力。

正當廣亮拚命生火想燒死濟顛的時候，突然傳來一聲「好熱喲」，嚇得廣亮停止動作。

只見濟顛半夢半醒的站起來，一邊說著：「肚子好脹啊！」一邊往炭爐這邊走。廣亮心想：「糟了，要被發現了。」連忙趴在樓梯上不敢動。

過了一會兒，廣亮聽見「嘩啦嘩啦」的流水聲，原來濟顛正朝著炭爐撒尿，炙熱的炭塊瞬間被濟顛的尿水淋得溼答答，剛才被廣亮搧起的火也滅了。廣亮又氣又惱，正想要再下樓去取新的炭火時，又聽見「嘩

啦嘩啦」的水聲，廣亮抬頭，一道尿水從天而降，噴得他滿臉。廣亮連忙往旁邊一閃，氣得渾身發抖，卻又不敢出聲。

原來濟顛晚上喝多了，尿了一泡還不夠，又尿第二泡，這第二泡尿正好淋在廣亮頭上。廣亮不敢吭氣，等了好一會兒，確定濟顛回去睡了，才急忙的衝回房裡換衣服，然後又偷偷回到大碑樓，想再放火燒死濟顛。

廣亮第二次放火很順利，火勢越來越旺，火光映在廣亮臉上，現出扭曲的線條。他「嘿嘿」冷笑兩聲，悄悄溜回房裡，不一會兒，就聽見外面其他和尚喊著：「失火啦，失火啦，大碑樓失火啦！」

廣亮裝做驚慌失措的跑出房間，看見大碑樓被烈焰籠罩，他喜上眉梢，卻假惺惺的嚷著：「什麼，大碑樓失火啦？慘啦！道濟在大碑樓上睡覺哩！快，趕快滅火救道濟師弟啊。」

「多謝師兄關心，道濟我沒死，好好在這兒呢！」

廣亮轉身，看見濟顛笑咪咪的從大雄寶殿走出來：「還好我剛才口渴，跑下來喝水，才能逃過一劫。真是佛祖保佑。」

奸計沒有得逞，大碑樓又被燒個精光，廣亮擔心

元空長老追查，連忙先把過錯推給濟顛，怪濟顛不該在大碑樓上點蠟燭睡覺，才會引發這場火災。

濟顛知道這是廣亮在栽贓，因為他根本就沒有點蠟燭。但是濟顛並不戳破這個謊言，他想看廣亮要如何陷害他。

廣亮說：「既然是道濟的錯，就由你負責復原。我看給你三年時間，去化一萬兩銀子來重建大碑樓吧！」

濟顛聽了直搖頭：「我不要。」

廣亮大怒：「樓是你毀的，當然應該由你負責，怎麼可以說不要？」

「師兄，你搞錯了！我說『不要』，不是說我不想要負責，而是不需要三年這麼久的時間。」濟顛比出一根手指：「只要一百天就夠啦！」

大家聽了濟顛的話都議論紛紛：「三年要化一萬兩都很困難了，何況是一百天？完了完了，濟顛真的瘋了。」

「好，一百天是你自己說的，若是到時候做不到你要怎麼辦？」廣亮惡狠狠的問他。

濟顛兩手一攤：「我如果做不到，你想怎麼辦，就怎麼辦啊！」

第五章　神奇的眼淚

答應要重修大碑樓的濟顛不但沒有積極化緣，反而依舊逍遙自在，四處玩耍。廣亮看在眼裡雖然納悶，卻不加以阻止，他心裡打的如意算盤是：最好濟顛每天醉生夢死，等到化緣的期限一到，就可以趕他離寺，消除心頭大恨。

此時正是盛夏，午後雖有雷雨，但時間不長，一會兒就停了。

濟顛不管天氣好壞都會出門閒逛。一天用過午飯，他看雨勢漸小，就迫不及待出寺遛達。他一路逛到西湖，鑽進湖畔的樹林，找到一棵順眼的大樹溜上去，把粗大的樹枝當床，在樹上就睡起覺來了。

樹梢上的鳥兒並不怕他，反而輕聲喞啾的跳到他身旁，低頭打理羽毛。

突然，一陣腳步聲嚇走了鳥兒，一個身材矮胖、愁眉苦臉的男人，手裡拿著一根繩索走進樹林。男人淚眼婆娑的走到濟顛休息的樹下，抹掉眼淚，把手中的繩索往上一拋——

　　怪了？繩索的另一端怎麼沒有落下來呢？男人覺得奇怪，於是用力拉扯繩索，但是繩索似乎是被某根樹枝給勾住了，怎麼拉也拉不下來。男人吸了一大口氣，咬牙使勁一拉——

　　「啊——」兩聲慘叫，一聲來自於矮胖男人，另一聲則來自於壓在男人背上的濟顛。

　　矮胖男人雙手亂揮，奮力把濟顛推開，他大吼：「你想壓死我啊？」

　　「那不正好順了你的心願！」濟顛坐在地上，微笑看著矮胖男人。

　　矮胖男人一愣，心想：「他怎麼知道我想死？」

　　男人忍不住仔細打量著眼前的和尚：「你是誰？」

　　濟顛翻了一個白眼，瞪著他：「我是靈隱寺的道濟，我才想問，你沒事在樹林裡甩什麼繩子啊？剛才我正在樹上睡午覺，沒想到被一條繩子套住。」濟顛舉起右腳，破僧鞋上果然纏著繩索：「我正想解開繩子，不知道哪個冒失鬼就硬把這根繩子扯下來，差點害我摔

死。」

聽見濟顛的指控，矮胖男人窘得說不出話來。

濟顛掏掏耳朵，打了個大阿欠問：「我說，你好好的人，為什麼想死？」

矮胖男人忍不住吸吸鼻子說：「我叫做董士宏，十年前，我的母親病重，沒錢看大夫，所以我就把女兒賣給顧進士做婢女，誰知道我母親一聽說孫女被賣掉了，氣得病情加重，沒多久就過世了。我把母親埋了之後，四處工作賺錢，想把女兒贖回來，以告慰母親在天之靈。我聽說顧進士一家人搬來臨安城，所以我來這裡找他，可是我好不容易找到顧進士他們家，卻發現他們一家早就搬走了。本來我想留在臨安城，繼續打聽他們的下落，偏偏運氣又很差，竟遇到搶匪把我身上的錢都搶走了。我身無分文，又找不到女兒，所以我想，我乾脆去死算了……」話還沒說完，男人已經泣不成聲。

「你真的想死？」

董士宏哭泣著點頭。

濟顛一躍而起，雙手擊掌：「那好，你剛才害我從樹上跌下來，弄髒了我身上的衣服，你得賠我。我看

35

你身上衣服還不賴，反正你都要死了，死人不用穿衣服，不如你把你身上的衣服脫下來給我拿去賣，我好用賣來的錢再買件漂亮的僧袍穿。」

「你這和尚怎麼這樣說話？聽到我說想去死，不但不勸我，還落井下石？」董士宏皺起眉頭，有些生氣：「你不是出家人嗎？怎麼見死不救？」

「和尚不是神仙，只能救活人。快，先把你衣服脫下來給我，你再去死。」濟顛眨眨眼睛，伸手跟董士宏討衣服。

看見濟顛露出詭異的笑容，董士宏心裡發毛，心想：「天哪！我該不會遇上瘋子了吧？」

董士宏左看右看，安靜的樹林裡只有他和濟顛兩人，如果濟顛真的瘋了，那他不就死定了？董士宏越想越毛，想死的念頭早已拋到九霄雲外。他正思索著該怎麼逃跑時，卻聽到濟顛爽朗的笑聲：「要你丟掉一件身外物，你就需要想那麼久，怎麼把自己的命丟棄時，就不多想一想呢？」

董士宏如遭雷擊般，腦袋轟然一響，內心想著：「是啊！我剛才還想尋死，現在卻想著要怎麼為自己找活路，我、我……」

他望著濟顛，看見濟顛一雙清澈的眼睛也正望著

濟公傳

他，<u>董士宏</u>的心智清明了起來。他朝<u>濟顛</u>跪下：「師父，多謝您的點化，求您幫我！」

「你不想死啦？」

「不死了、不死了！我連衣服都捨不下，又怎麼捨得死？師父，求求您，再發發慈悲，幫我父女團圓！」說完，<u>董士宏</u>不停的朝<u>濟顛</u>磕頭。

「想見女兒就跟我走吧！」<u>濟顛</u>伸手捉住<u>董士宏</u>的手，飛也似的往林外奔去。

<u>濟顛</u>拉著<u>董士宏</u>穿過城門，在<u>臨安</u>城裡東繞西繞，城裡的大小孩子們看見<u>濟顛</u>來了，紛紛開心的跑到他的身邊。原來<u>濟顛</u>不拘泥於一般規矩，舉止既隨興又癲狂，因此廣受這些孩子的喜愛。其中有個眉清目秀，

個性特別活潑開朗，叫做<u>趙斌</u>的孩子，與<u>濟顛</u>最為投緣，經常纏著<u>濟顛</u>說話嬉鬧。

<u>趙斌</u>看見<u>濟顛</u>，馬上嚷著：「<u>濟顛</u>師父，你又從<u>靈隱</u>寺偷溜出來玩啦？」

濟顛朝趙斌扮了個鬼臉：「誰偷溜，我今天是光明正大的翻牆出來的！」

趙斌的好朋友楊猛指著董士宏，問：「濟顛師父，你牽著這個矮胖子做什麼呀？」

濟顛不回答，轉頭問趙斌：「趙斌，你那個遠房表弟趙文這幾天還好嗎？」

趙斌搖搖頭：「還是一樣，吃了東西就吐，聽我娘說，他再這樣吐下去，會連自己的命都吐掉。」

趙斌的表弟趙文是臨安城的富豪趙文會唯一的寶貝兒子，三個月前突然染上怪病，吃什麼都吐，才不過幾天的時間，就瘦得不成人形，癱在床上，連說話的力氣都沒有了，上門的大夫幾乎把他家的門檻給踏平了，他的病還是不見起色。

濟顛摳摳鼻子，咧嘴笑著說：「我昨晚跟鬼差喝酒時，他跟我說趙文起碼可以再活三十年，他死不了的。」

大家以為濟顛又在說瘋話，沒有多理他。濟顛跟趙斌他們胡鬧幾句玩笑話之後，又牽著董士宏繼續往前走，走進一條隱蔽的巷子，停在一棟大宅邸的後門。

濟顛跟董士宏說：「你就站在這裡不要離開，如果有人來問你的生辰八字，你就告訴他。這樣就能見到你女兒啦！」

董士宏正想問為什麼，只見濟顛一個翻身跳上圍牆，喊著：「和尚我走啦！」轉眼間就消失蹤影，留下半信半疑的董士宏，心裡嘀咕：「奇怪，我到底是遇見了聖僧，還是瘋僧？」

濟顛離開董士宏後，立刻往城東走去，走到一個十字路口，就坐在中間，拿出插在背後的破扇子，一邊用破扇子搧涼哼歌，一邊若有所思的看著它。

這把破扇子是他與過去的唯一牽連，因為它正是李家後院那一棵大蒲葵的葉子。

濟顛誕生那天，一顆不知道哪裡飄來的蒲葵子正好抽芽，隨著他一塊兒長大，他離家時只帶走用那棵蒲葵樹葉做成的葵扇。經過風霜旅程的洗禮，原本漂亮的葵扇就像主人現在的外貌一樣骯髒破爛。

一會兒，只見街道揚起煙塵，三名身穿華美衣服的中年男人騎著馬往濟顛這兒奔馳過來，看見濟顛坐在路中間，三人急忙勒馬。

「和尚，快讓開，我們有急事要辦！」一名男人說道。

「你們這麼急，是想去哪呀？」

居中的男人向濟顛拱手行禮，手指向他右邊的男人說：「師父，我叫趙文會，因為我母親病重，所以請了這位醫術高明的李懷春大夫給我母親看病，請您讓個路吧。」

「醫術高明？」濟顛從袖子裡掏出一粒白饅頭，問李懷春：「那你知道白饅頭治什麼病嗎？」

李懷春疑惑的搖搖頭。

「糟啦！趙文會，你找來的這個是庸醫啊，連白饅頭治餓他都不知道，我看你還是請我去給你母親看病吧！」

因為濟顛堅持要跟，救人重要，三人不跟他囉唆，就讓他跟了過去。

到了趙府，李懷春幫昏迷不醒的趙老太太把脈之後，面有難色的說：「老太太胸中有痰淤著，但是她年紀大了，又不能用藥去痰，以免氣血攻心，這⋯⋯」他搖頭表示無能為力。

這時濟顛胸膛一挺：「他不行，我行啊！」也不等眾人回應，就走到趙老太太面前，扇子一搧，大喊：「痰出來！痰出來！」話才說完，趙老太太用力一咳，

真的咳出一口濃痰，呼吸也立即轉為平順，但是仍未完全清醒。

濟顛又搓搓耳後，搓出一丸黑黑髒髒的泥丸子：「這叫『伸腿瞪眼丸』，讓趙老太太含在嘴裡，她就會立刻伸腿瞪眼、活蹦亂跳啦！」

眾人見了那黑丸子都覺得噁心，趙文會正在猶豫時，濟顛已經把黑丸子塞進趙老太太的嘴裡。說也奇怪，趙老太太竟立刻深深的吸了一口氣，緩緩睜開眼睛，清醒過來。

眼見濟顛如此神奇，趙文會急忙下跪：「我有眼無珠不識聖僧，求聖僧大發慈悲，再賜我一顆伸腿瞪眼丸救救我兒子。我兒子趙文他⋯⋯」

濟顛截斷趙文會的話：「你兒子的病我早就知道啦！帶我進去看看他吧！」

趙文會連忙帶著濟顛去看趙文。

一進到趙文的房裡，眾人就聞到一股濃郁的嘔吐味，只見趙文臉色蒼白、呼吸微弱，彷彿就快要死了。

趙文的繼母趙夫人坐在趙文身旁，正在幫趙文擦臉，濟顛走上前翻翻趙文的眼

睛，又嗅嗅趙文的氣味：「唉呀，這孩子很多天沒刷牙了喔？味道真臭！不要緊，我有法子可醫。」

濟顛從脖子上搓下一丸黑丸子：「你去找來兩個人，一個必須是五十二歲、五月初五出生的男子，另一個則是十九歲、八月初五出生的女子。你取來這兩人的淚水混在一起當作藥引，將這顆伸腿瞪眼丸和著淚水給你兒子刷刷牙，再把那淚水喝下去，去掉他口中的臭味，病自然就好啦。」

這個方法實在是太怪了，趙家人你看我、我看你，不知道該信還是不信。趙夫人首先質疑：「師父，小文病了那麼多天，連飯都沒辦法吃，當然沒力氣刷牙，這和他的病能不能好怎麼會有關係？」趙夫人皺眉。

「大大的有關啊！」濟顛誇張的嚷著，他目光凌厲的盯著趙夫人：「妳沒聽過病從口入嗎？趙文就是吃了不乾淨的東西才會生病啊！」

濟顛雙眼直直的瞪著趙夫人，趙夫人臉頰發燙，低下頭來不敢再說話。

趙文會趕緊派僕人出門尋找濟顛說的那兩人。

沒多久，僕人從門外領進一名矮胖男子。僕人說，一出後門就看見這個男人站在那兒，僕人隨口問他的

生辰，想不到他正是他們要找的男人，於是趕緊把他帶回來。

這人正是滿肚子疑問的董士宏，他看見濟顛，想向前問濟顛究竟是怎麼一回事，但是濟顛像是不認得他似的，轉過頭去對趙文會說：「哎喲！趙文會，和尚我肚子餓了，有沒有東西先給我填填肚子啊？」

趙文會急忙命下人去準備點心，一會兒，一名丫鬟端著糕點進來，濟顛抓起糕點往嘴裡送，他邊咀嚼，邊口齒不清的指著盤中的糕點對董士宏說：「吃啊！吃啊！」

但是董士宏卻像觸電似的，動也不動的盯著端糕點的丫鬟看。

那名丫鬟覺得很窘，低下頭來想要離開時，董士宏卻突然伸手抓住茶盤。只見他雙眼通紅，張嘴抖呀抖的，卻說不出話來，過了好一會兒，終於顫抖的吐出兩個字：「小……春？」

丫鬟的名字正是小春。聽見這名怪老頭喊出自己的名字，小春緊皺的眉頭一鬆，驚訝的睜大眼睛，重新打量眼前的怪老頭，越看越覺得他面貌熟悉。

這人是……

董士宏鼻子一吸，大聲哭了出來：「我是爹呀！我

是妳狠心的爹啊！小春——」

小春一驚，茶盤「匡瑯」一聲砸到地上。

「是爹？」沒錯，眼前這個臉上滿是愧疚與懺悔的老人正是她的父親。小春忍不住迸出哭音喊聲「爹」，握住董士宏的手，眼淚撲簌簌的滾了下來。

趙家人全都被這幕情景驚得呆住了，只有濟顛不慌不忙掏出懷裡的髒手帕，遞給董士宏：「擦擦眼淚吧！」董士宏接過手帕，一把抹去臉上的淚水，隨後又繼續哭著跟小春懺悔，濟顛取過手帕轉遞給小春，也叫她擦擦眼淚。小春是姑娘，原本應該嫌棄濟顛的髒手帕，可是此時此刻她正沉浸在跟父親相認的感動中，因此接過手帕也是順手一抹，就還給濟顛繼續痛哭。

濟顛把滿是淚水、溼淋淋的手帕在茶杯上一擰，擰出半杯水，然後把伸腿瞪眼丸丟進杯中，黑丸子馬上溶解在杯裡。奇怪的是，這杯水依舊清澈無色。濟顛要趙文會立刻拿這碗水去幫趙文刷牙，刷了之後再喝下去。

刷過牙後，趙文慘白的臉逐漸有了血色，呼吸也變得平順。

原來，董氏父女正是濟顛說的那兩人。濟顛這次大展神通，不僅救了趙文，還讓董氏父女團圓。目睹了濟顛的神通，趙文會心裡的疑惑全沒了，他滿心虔敬，正想好好感謝濟顛，沒想到濟顛的目光停在趙夫人微微隆起的肚皮上，說：「趙夫人有喜啦？」

　　「是啊，三個月啦！」趙文會掩不住喜悅的說。

　　「趙文也病了三個月，是吧？」濟顛又問。

　　趙文會笑開的臉又皺了起來：「師父，您的意思是……」他轉頭看看趙夫人，只見趙夫人臉色越來越蒼白，額頭上不斷冒出豆大的汗珠，趙文會忍不住關心的問：「夫人是不是也身體不舒服？要不要請師父幫妳看看？」

　　趙夫人連忙搖手想說不用時，濟顛將手中的扇子一搧，趙夫人立刻眼睛一翻，昏厥了過去。趙文會大驚，急忙叫人將趙夫人抬進房裡，然後趕緊央求濟顛救她。只見濟顛掏出剛才那條髒手帕遞給趙文會：「你放心，這天倫淚不僅可以醫治趙文的病魔，也可以治你妻子的心魔。你用這條帕子擦擦她的心窩，保證她不久就會醒過來。」

　　趙文會趕緊照著濟顛的話去做。

　　趙夫人睜開雙眼，看見四周煙霧瀰漫，濟顛就站

濟公傳

在她面前嚴厲的盯著她。她知道自己做的壞事敗露，連忙磕頭求濟顛饒恕她的過錯。

原來，濟顛早就從趙斌口中得知趙文生病一事，他掐指一算，發現趙文的病與繼母趙夫人有關。

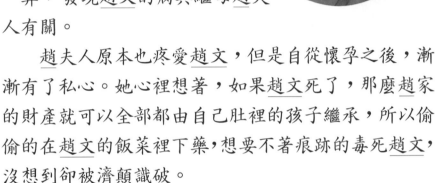

趙夫人原本也疼愛趙文，但是自從懷孕之後，漸漸有了私心。她心裡想著，如果趙文死了，那麼趙家的財產就可以全部都由自己肚裡的孩子繼承，所以偷偷的在趙文的飯菜裡下藥，想要不著痕跡的毒死趙文，沒想到卻被濟顛識破。

濟顛嘆了一口氣：「世間萬般罪惡皆因私心而起。也罷，我就好人做到底吧！」他用扇子在趙夫人面前用力一搧，趙夫人立刻覺得噁心，忍不住「嘔」的一聲，吐出一團黑不溜丟的穢物。看見自己嘔出又髒又臭的東西，趙夫人嚇得往後一跌，「碰」的一聲──

「夫人？」趙文會伸手扶住差點跌下床的趙夫人。趙夫人疑惑的看著四周，哪裡有煙霧瀰漫？她轉頭看見濟顛站在門口，趕緊下床，虔誠的朝濟顛拜了幾拜。從今之後，她對趙文不再有惡心，因為那顆惡心已經

嘔出來啦！

　　雨過天青的<u>趙</u>家對<u>濟顛</u>萬分感激，<u>趙文會</u>拿出白銀要贈送給<u>濟顛</u>，但是<u>濟顛</u>說：「不急不急，時候未到，時候到了，你再捐吧！」說著<u>濟顛</u>就搖搖擺擺，邊哼歌邊走出<u>趙</u>府。他回頭看著<u>趙</u>家屋頂，只見一縷隱約的黑煙裊裊往上飄，飄向雲端，然後散開不見。

　　<u>濟顛</u>微微一笑，轉身又蹦又跳：「走囉！喝酒去啦！」踏著歪歪扭扭的舞步往酒坊走去。

一 第六章 惑亂人心的妖怪粉

　　自從濟顛醫好趙家人之後，他的神通事蹟逐漸傳遍臨安城，城裡的人有病痛就來找他求藥。濟顛醫好病人之後，病家想給他銀兩，濟顛卻都說時候未到，不肯收，只留下書信一封，囑咐大家十月初一才可以開啟。

　　這天，濟顛正想上酒樓喝酒，轉進巷子看見趙斌與幾個人圍在一塊兒不知道在討論什麼。濟顛躡手躡腳走過去，然後大喊一聲，趙斌他們被嚇得驚聲尖叫，回頭一看，原來是濟顛。濟顛呵呵大笑：「你們又沒做壞事，有什麼好怕的？難道光天化日之下會有妖魔鬼怪嗎？」

　　眾人聽了這話，都面面相覷。濟顛看看趙斌又看看楊猛：「怎麼，我說中啦？」

　　大家你看我、我看你，一會兒趙斌壓低聲音說：「被你說對了，真的有妖怪。有人被妖怪附身了！」

「誰？」

「周志魁。」

周志魁是臨安城富豪周員外的大兒子，為了科舉考試在私塾＊念書，但是上個星期突然請假不來上課。他一向很用功，即使生病也很少請假，因此幾個要好的朋友就上他家去探望他，才發現——

「他們說他瘦得不像人！」

「臉色蠟黃，雙眼凹陷，好恐怖啊！」

「嘴巴還喃喃自語，一會兒說自己是神仙，一會兒又說自己會飛，還學小鳥想從樓上飛下來哩！」

大家七嘴八舌嚷嚷著，然後互相瞄瞄對方，小聲的說道：「周家的人說，周志魁是被妖怪附身了，才會喪失心性。」

濟顛哈哈大笑：「妖怪哪有那麼大的能耐啊！」

「是真的。」陳孝說：「周老爺還派人去請三清觀的道士到他們家作法捉妖哩！」

「捉妖？有趣！」濟顛拍手大樂：「最近無聊死了，正好去看看別人捉妖。」

＊私塾：古代私人開設的學堂。

濟顛來到周家巷口，正好看見周家人帶著一個尖嘴猴腮的道士走過來，他立即迎上前去跟道士握手：「辛苦啦！你就是來捉妖的道士嗎？」

　　道士狐疑的點頭，心想：「哪來的瘋和尚啊？」

　　濟顛攬住道士的肩膀，小聲說道：「實話跟你說，我也是來捉妖的。周員外說他不相信你的能力，所以叫我來當備胎。」

　　豈有此理？道士生氣的睜大了雙眼，心想：「竟然不相信我的道行，又另外請個和尚來捉妖。」他瞇眼打量濟顛，心中暗自思量：「此人瘋瘋癲癲，一身髒汙、滿臉油垢，怎麼可能會捉妖？看樣子周員外八成是被這個瘋和尚給騙了。好，等會兒我就在周家人和瘋和尚面前大展神通，讓你們知道我三清觀劉泰真的厲害。」

　　劉泰真壓下怒火，心想等收服周家的妖怪之後，再好好敲周家一大筆銀子洩憤。

　　周員外看見劉泰真來了，趕緊請他到後花園設壇捉妖，濟顛也跟著過去。周員外以為濟顛是劉泰真的助手，因此沒有阻撓他跟過去。

　　到了後花園，劉泰真拿出一個羅盤，這兒走走、那兒逛逛，然後停在一棵桂花樹前說：「就是這兒，周

員外，你家公子的瘋病就是被這棵桂花樹上的桂花精所害，待我用符咒定在這棵樹上，妖怪就會立刻斃命，你家公子就可以馬上恢復神智了。」

「哈哈哈——」一陣大笑從樓上傳來，眾人抬頭，看見周志魁坐在窗邊哈哈大笑，眼神渙散，指著劉泰真：「你這個道士瞎說，哪有什麼桂花精？只有你這個騙人精。」

劉泰真大怒：「臭妖怪，你死到臨頭還敢說大話。」他掏出一張符咒，在空中煞有介事的比劃幾下，然後將符咒貼在桂花樹上，嘴裡喃喃念著咒語。只聽見「砰」的一聲巨響，原來是周志魁從窗邊摔落，跌進屋內暈了過去。

劉泰真說：「周員外，桂花精真狡詐，在我貼符的時候偷偷潛進他體內，我得用符水將妖怪逼出來。」於是劉泰真又取出一張符咒在空中比劃，然後叫人將符咒燒成水，給周志魁喝下。

「劉道長，我兒子待會醒過來之後，就會恢復神智嗎？」

劉泰真胸有成竹的點頭。

一會兒，周志魁清醒過來，他看看周員外又看看劉泰真，然後展開雙手，像鳥兒飛翔似的在屋內跳來

跳去，嘴裡不停說著：「我會飛，我會飛。」

周員外大驚，質問劉泰真：「你不是說我兒子醒過來就會好嗎？怎麼還是這樣？」

劉泰真正想辯解，周志魁卻跳過來一把掐住劉泰真：「你這個騙子，我要把你宰了。」

劉泰真被掐得兩眼翻白，說不出話來，眼看就要昏厥過去，周家的僕人趕緊一擁上前，想把周志魁的手給扒開，可是周志魁像是有了神力似的，緊緊掐住劉泰真的脖子不放，嘴裡還「咿咿呀呀」的胡言亂語。

就在眾人手忙腳亂之際，濟顛悄悄上前用扇子在周志魁的後腦勺一拍，周志魁立刻鬆手，眼睛向上一翻，又昏倒了。

劉泰真爬到一旁，不停的喘氣說：「這妖怪好厲害，老道我沒辦法、沒辦法！」他收拾東西對周員外說：「周老爺，你這銀子真難賺，我認輸啦，我看你還是讓你請來的那個瘋和尚試試看吧，老道我先走了。」說完，不等周員外回話，立刻逃出周家。

這時，周員外才注意到濟顛的存在。

他向濟顛行禮：「這位師父，請問您是？」

濟顛搧著扇子，咧嘴微笑：「我是靈隱寺的道濟！」

周員外眼睛一亮：「原來您就是醫好趙家公子怪病

的道濟師父！」周員外又向濟顛行了個禮：「剛才我有眼無珠，沒發現師父您在這兒，拜託師父您發發慈悲，趕走我兒子身上的妖怪吧！」

「你放心，我既然來了，就不會見死不救。」

濟顛在周志魁房中這裡翻翻、那裡看看，然後停在他的書桌前。

周志魁桌上有本書攤開著，濟顛俯身湊近看著那本書，然後伸出手指在書頁上輕輕一抹，濟顛雙眼微眯、瞪著自己的手指，接著竟把手指含進口中，發出「嘖嘖」的聲音：「沒錯，沒錯，就是這個味道！」

書有什麼味道？眾人不解。周員外聽說過濟顛的瘋言瘋語，但是今天親見，仍然覺得有些無法適應。他小心翼翼的問濟顛：「師父，這書……有問題嗎？」

「問題可大著呢！人家說『書中自有黃金屋，書中自有顏如玉』，可是我在你兒子的書本裡頭嚐到的，卻是一股濃濃的妖怪味！」濟顛瞪大雙眼、搖頭晃腦

的說著。

「師父的意思是說妖怪附身在這本書上？」周員外問。

「沒錯。」濟顛用手指頭在書上一抹，把指頭湊到周員外眼前說：「這就是藏在書裡的妖怪。」

周員外細看，濟顛的手指頭有細碎的白色粉末沾在上頭。

「這、這些粉末會是妖怪？」周員外不相信。

「這些白色粉末確實就是讓你兒子神智不清的妖怪。你別小看這些粉末，身體健康的人若是沾上了這個東西，起初會精神百倍，不吃不喝也可以持續工作，可是要不了多久，那股像妖怪一樣的精神就會消退，人會變得萎靡衰弱，一心只想再嚐一口這種妖怪粉末好提振精神。周而復始，身體就會變得虛弱不堪，臉色蠟黃、雙頰凹陷、兩眼無神、精神渙散，逐漸神智不清，最後就一命⋯⋯嗚呼哀哉呀！」

濟顛邊說邊演，把妖怪粉末形容得萬分可怕，周圍的人聽了都露出害怕的樣子。周員外滿臉驚慌的瞪著濟顛手上的粉末，顫抖的問：「真、真的這麼可怕？」

濟顛點點頭，然後順手又把手指伸進嘴裡「嘖嘖」兩聲。

濟顛的舉動嚇壞了眾人，周員外大喊：「師父，您把妖怪吞進肚子裡，不就死定了嗎？」

　　濟顛拍拍肚皮，朗聲大笑：「不怕不怕，我肚子裡的東西比妖怪強上千萬倍，再厲害的妖怪進去我的肚子裡，也只能變成沒有用的屁給放出來。」說著，還真的「噗」的放了一個響屁。

　　周員外想捏住鼻子又怕得罪濟顛，只能皺著臉問濟顛：「師父，那您趕快想個辦法救救我兒子啊！」

　　濟顛探探周志魁的鼻息，又翻翻他的眼瞼，說：「還是老方法。」濟顛搓搓自己的脖子，搓出一顆伸腿瞪眼丸塞進周志魁嘴裡，讓他吞下去。

　　「過半個時辰，他會連放好幾個響屁，等他放完響屁，肚子裡的妖怪粉就通通排乾淨了，人也會清醒過來。」

　　過了半個時辰，周志魁果真連放三個響屁，人也清醒了。

　　周志魁知道濟顛救了他，趕緊跪下跟濟顛磕頭道謝。濟顛說：「先別謝，我要問你幾句話：這些妖怪粉，你是從哪裡得來？又為什麼要吸這些壞東西呢？」

　　周志魁嘆了口氣，開始說出緣由。上個月，他聽同學說，城隍山旁有間小藥房在賣一種「神奇白粉」，

只要把這些粉吸進鼻腔，就會變得精神百倍，記憶力也會變好，可以過目不忘。於是周志魁就和同學一起上小藥房買神奇白粉。

起初，這白粉真的讓他精神百倍，即使熬夜念書也不覺得累，讓他對未來的考試充滿信心與希望。但是漸漸的，他發現自己只要一不吸白粉，就會渾身沒力、精神困頓。於是他再也戒不掉白粉，而且還越吸越多，到後來連書也看不下去，整顆腦袋昏昏沉沉的，老是看見一些鬼呀、妖呀在他眼前跳舞作樂，他也像個瘋子似的跟著一塊手舞足蹈，整天沒一刻清醒。

聽完周志魁的話，濟顛掐指一算，雙眉微皺，喃喃的說：「唉，果然……」他立即離開周家，趕往城隍山那間小藥房。

濟顛走進小藥房，只見一個黃衣女子站在櫃臺後面秤藥。她看見濟顛進來，正要開口詢問，濟顛卻把僧帽一摘，露出萬千霞氣！黃衣女子大驚，抓起秤砣丟向濟顛，往外就逃。濟顛葵扇一搧，打落秤砣，追出戶外，突然間，一陣黑霧漫天蓋下，剛才的黃衣女子，竟然變成一隻像大樹一樣高的黃毛狐狸。牠對濟顛吹了一口妖風：「哪裡來的臭和尚？」

濟顛哈哈大笑：「孽畜有眼無珠，竟然不知道我是

誰？」濟顛把僧帽拋向狐狸，僧帽瞬間變成山那麼大，不偏不倚的罩住狐狸，然後僧帽逐漸縮為正常大小。

黑霧散去，濟顛撿起僧帽，對著變成老鼠大小的狐狸問：「你本來在天台山聽經聽得好好的，不久就能修成正果，為什麼要下來害人？」

黃毛狐狸齜牙咧嘴：「我哪有害人！我賣粉末給他們的時候都有說清楚，一天只能吸一小口，再多會傷身。他們縱欲貪心，不認真念書，妄想走捷徑，才會害到自己，怎麼可以怪我？」

「你這孽畜還敢狡辯？」濟顛搖晃僧帽。

狐狸嚇得吱吱大叫：「我哪有狡辯？大家會受苦，這都要怪你們神仙。」

濟顛停止搖晃僧帽：「孽畜，你又想亂說？」

「我才沒亂說！你們神仙自己窩裡反，把邪惡、貪心、縱欲、狡猾那些珠子全灑到凡間，碎成千萬粒細微粉末，再被凡人吸進去，他們才會產生惡念縱欲。你說，這不是你們害的嗎？」

狐狸指的正是當年濟顛與慧在永恆河畔爭吵，慧因被葵扇打中而失手將欲念珍珠灑落凡間一事……

想到當初永恆河畔的爭吵，濟顛心裡萬分難受。

看見濟顛的臉色，狐狸不禁有些得意，牠繼續說：

「我們千辛萬苦修練就是想要變成神仙，可是我看你們這些神仙也沒多良善，惹出來的禍端比我們還大！一想到這裡，我就不想修練啦！還不如繼續當狐狸精，開心過一生。」

「胡扯！」濟顛說：「世間本來就是善惡並存，萬物心中皆有善的種子，也有惡的念頭，怎麼可以把自己做的壞事全推給其他人？」說完，濟顛用力搖晃僧帽，黃毛狐狸不斷的在帽中吱吱怪叫，叫聲漸漸的變小，最後黃毛狐狸化做一縷黑煙，直奔天際。

同時，臨安城中許多戶人家的屋頂也可以看到有黑煙冉冉飄散。看見此景，濟顛明瞭有多顆欲念珍珠已經被收回，他暗自期許，希望能早日收齊珍珠，渡化所有被欲念控制而無法自拔的人。

第七章　賣紅燒肉的董平

解決了城隍山的狐狸精，臨安城裡許多孩子的怪病也都不藥而癒，大家口耳相傳，知道是濟顛顯神通救了他們，紛紛要拿銀兩送給濟顛，可是濟顛仍然不收取銀兩，只留下書信，要他們到時候依照信上的指示行動。

這天，濟顛又在臨安城大街上閒逛，看見一攤賣紅燒肉的攤販。濟顛上前問說：「這肉熟了嗎？」

賣肉的攤販叫做董平，他的脾氣就像他賣的紅燒肉一樣，總是火熱燙人，平時與客人應對，遇到不講理的，為了和氣生財，他會吞忍，等到回家之後，再把滿腔怒火發洩在家人身上。他的母親經常勸他要收斂脾氣，可是不勸還好，一勸他就嫌母親囉嗦，和她大吵，常常把母親氣到吃不下飯。

董平看見問話的是個窮和尚，隨口回答：「當然熟啦！」

「我不信！」濟顛聳聳鼻子：「夾一塊我嚐嚐，熟

了才買。」

董平心想大概遇到了瘋子，本來不想理他，但是看他衣衫襤褸，可能有好多天沒吃飯了，突然心生不忍，便夾了一小塊紅燒肉遞給濟顛：「你試試吧！」

董平心裡想：「你是個和尚，我拿肉給你試，你八成不敢試。」董平沒想到，濟顛一口就把肉吞進去。看見這個大口吃肉的和尚，董平不禁皺起眉頭。

濟顛嚼了三兩下，忽然「呸」的一聲把嚼得爛爛的肉吐出來：「這肉沒熟，筋蹦得我牙好痛。喂，再夾一塊軟一點的給我試試。」

董平看見那塊被嚼得稀巴爛的紅燒肉分明已經熟透了，這和尚卻睜眼說瞎話，而且還想再討一塊，他心裡極度不爽快。但周圍人來人往，自己如果與這個又窮又瘋的和尚吵架，生意還能做嗎？於是董平故意夾了一塊全是肥油、沒有半點瘦肉的紅燒肉遞給濟顛。

「和尚，你拿了肉快走，別擋在這兒妨礙我做生意。」

濟顛一口吞下肥肉，滿意的點頭：「嗯，好吃好吃，肥肉要配燒酒喝。到酒樓討點燒酒吧！」說完轉身就走，沒給錢，也沒道謝。

看著濟顛搖搖晃晃的身影，董平忍不住罵：「吃肉

濟公傳

喝酒的瘋和尚，這麼不守清規，看哪天被雷劈死！哼！」

到了下午，董平一鍋紅燒肉都快熬成肉乾了，仍然沒有幾個客人光顧，他看看天邊一抹烏雲逐漸逼近，再看看那鍋紅燒肉，心想：「乾脆今天早點收攤回家吧。」

董平因為生意不好，滿心不痛快，一回到家就開始亂發脾氣，一會兒嫌妻子遞給他的茶水太涼，一會兒又嫌孩子太吵，母親看不過去，念了他幾句，董平就跟母親吵了起來。母親年紀大，吵了幾句就氣喘吁吁，說不出話來，董平正在氣頭上，不但不體諒她，反而用力踹翻椅子，大罵：「我整天在外面做生意，風吹日曬那麼辛苦，妳們這些女人只會躲在家裡乘涼痛快，今天見我早回家，還故意跟我吵架。好，乾脆我出去不回來了！」

不顧妻子的勸阻，董平氣沖沖的摔門而出。

走沒幾步路，董平看見路邊一隻大狗和兩隻小狗正在嬉鬧，他心裡煩悶，看見狗兒玩耍心裡更不快活，於是隨手拿起路邊的棍子，就想打狗出氣。

母狗護子心切，擋在小狗面前挨了董平幾棍，仍齜牙咧嘴的對董平咆哮。董平怒火中燒，心想：「好呀，連隻狗都欺負我。」於是用力把手中的棍子往前揮去，砸傷了母狗的前腳。董平上前還想再打，卻見小狗跳到母狗面前，小小的身子儘管發著抖，但仍抬頭瞪著董平，不願退縮。董平一愣，發現小狗眼中似乎含著淚水；另一隻小狗則是一邊舔著母狗的傷口，一邊頻頻回頭看著董平，烏溜溜的眼珠裡好像也含著兩大泡淚水。

董平心中一動：「這兩隻小狗都知道要孝順母親，我一個大男人，竟然……把母親氣得半死，我……」

想到母親氣得喘不過氣的樣子，董平心裡一陣著急，丟下棍子就轉身飛奔回家。

一回到家，看見母親平安無事的坐在客廳與妻子說話，董平忍不住膝蓋一軟，就跪了下去。他哭著向母親懺悔，並答應母親，從此之後，絕對不再頂撞她老人家，也不再隨便向家人發脾氣。

母親和妻子對於董平的轉變既驚又喜，一問之下才知道，是那三隻狗兒感化了董平，於是便要他把狗兒撿回家飼養。

第二天一早，董平又挑著紅燒肉到街上擺攤，只

是生意依舊很差。董平嘆了口氣：「乾脆今天也早點回家吧！」就在他這麼想時，遠遠看見一個熟悉的身影朝這兒走過來。

董平瞇起眼睛一瞧：「唉呀，是昨天那個瘋和尚！糟糕，趕快把攤子收一收，以免再被他占便宜。」

沒想到董平才剛蓋好鍋子，肚子就一陣絞痛。他抱著肚子想硬撐，卻感覺肛門就像即將洩洪的水庫，再也關不住了。這時濟顛正好走到他面前，董平只好拜託他：「和尚，我肚子好痛，你幫我看著這鍋肉，我去去就來。」說完也不等濟顛回答，就往牆角草叢衝。

董平蹲了一會兒，把肚子裡的廢物解決了，站起來穿褲子時，一轉頭卻看見濟顛已經滅了爐火，把一鍋肉給端了起來。董平大喊：「和尚，你要做什麼？」

濟顛回頭，臉上露出莫測高深的微笑，跟董平眨眨眼，端起紅燒肉就跑。董平急忙一邊繫褲帶一邊追過去大喊：「和尚，還我的肉來！」

才跑沒幾步，只聽見後面傳來一陣轟然巨響。董平回頭一看，剛才自己擺攤的地方旁的一堵石牆竟然塌了下來，董平嚇得呆住了，老半天說不出半句話來。他心裡想著：「萬一我還在那兒慢吞吞的收拾，鐵定被這堵倒塌的牆壓得半死……」

「難不成……」董平望著前方的濟顛，心想：「難不成，那和尚是故意端走紅燒肉引我逃開？不行，我得抓住他問個明白，順便把那鍋肉要回來。」

董平趕緊繼續追。

濟顛端著那鍋紅燒肉跑呀跑，跑到另一條大街上，對著路人用手指呀指，嘴裡還喃喃說著：「紅燒肉，好吃的紅燒肉啊，誰要買好吃的紅燒肉啊？」說也奇怪，被濟顛指到的路人都紛紛上前來買紅燒肉，有的買三塊，有的買五塊，轉眼間這鍋肉就賣個精光了。

董平從路的那頭追過來，看見空空如也的鍋子，想要罵濟顛，又想到剛才應該是濟顛救了他，只好忍下怒氣，眼眶紅紅的伸手，就要接過空鍋子。沒想到濟顛伸出拳頭放在空鍋子上面，喊了一聲：「等等！」

董平抬眼看他，正想問濟顛還想做什麼。只見濟顛拳頭一鬆，銅板嘩啦嘩啦的往鍋子裡掉。濟顛笑呵呵的說：「這是剛才賣肉的錢，你拿回去吧！」

69

董平既驚訝又開心，想開口跟濟顛道謝，濟顛卻拍拍他的肩膀：「不用謝我，謝你自己。今天早上沒頂撞你母親吧！還有，你家那三隻狗兒可好？」

　　聽見濟顛問他的話，董平知道自己遇到活神仙了，趕緊恭恭敬敬的跪下，磕頭道謝。

　　濟顛不回禮也沒理他，只拿著剛才偷偷藏在懷裡的兩塊紅燒肉，開開心心的回靈隱寺去了。

　　進了靈隱寺大門，志清聞到濟顛身上有股肉香味，連忙擋住他：「師叔，你懷裡是什麼東西？怎麼味道怪怪的？」

　　「胡扯！」濟顛掏出懷裡那兩塊紅燒肉嗅了嗅，然後咬下一大口嚼啊嚼：「這肉明明香得很，又嫩又多汁，哪裡怪啊？」

　　看見濟顛當著諸佛菩薩的面大口吃肉，志清嚇得臉色發白，說不出半句話來。廣亮在身後大喝：「志清，你在發什麼呆？」志清回過神來，立刻跟廣亮告狀，說濟顛在寺裡吃肉。

　　廣亮斜眼瞪著濟顛冷笑說：「由他去吧，再過一個時辰，三個月的期限就到了，到時候，他就不是我們靈隱寺的人了！」

看見廣亮不阻止他，濟顛乾脆坐下來，邊吃紅燒肉，邊用破扇子搧風。沒有多久，靈隱寺外突然來了一大群人，有的身穿華麗的服裝，有些則是一般的百姓。他們看見濟顛，紛紛跑上前去，口裡喊著：「活佛，我們來了。」

原來這些人都曾經受惠於濟顛，他們依照約定在今天打開信件，信上寫著：靈隱寺要重建大碑樓，因此希望大家在今天傍晚帶著各自的「心意」到靈隱寺。

濟顛抬眼看著大家，嘴角漫出一朵微笑，雙手合十：「感謝、感謝。」他掏出一本化緣簿遞給廣亮：「師兄，這些人都是來捐銀子幫助我們重建大碑樓的，你幫忙登記他們捐的銀兩吧。」

廣亮看見這麼多人站在靈隱寺外面等著捐錢，一時之間被嚇到了，竟然乖乖的照著濟顛的話去做。有的富豪捐五百兩，有的捐一千兩，也有小康家庭捐幾十兩的。還有一間木頭工廠的大老闆說，他要免費提供興建大碑樓的全數木材。不一會兒工夫，化緣簿上已經登記了密密麻麻的捐款人。

一個時辰即將過去，捐完款的人也回去了，廣亮數了數總數，高興的喊著：「哈哈，還差一兩二文錢！」廣亮闔起簿子，正想喊聲：「濟顛你輸了。」卻看見一

個人影衝上前來。來人正是董平。

　　董平掏出口袋裡的錢遞給廣亮，氣喘吁吁的說：「我剛才聽人家說，道濟師父正在化緣，要重建大碑樓，所以我把剛才賣肉的錢拿來捐給師父。」

　　廣亮數數董平的錢，恰好是一兩二文錢，只得咬著牙恨恨收下。他瞪著濟顛，嘴裡無聲說著：「你給我走著瞧！」

　　濟顛回瞪他一眼，故意跟他吐吐舌頭又聳聳肩。廣亮氣得身子直發抖，好半天才重重的「哼」了一聲，走回寺裡。

　　董平看見廣亮的樣子，覺得奇怪，就問濟顛：「監寺師父怎麼了？」

　　濟顛拍拍他的肩膀，哈哈大笑：「別理他，狹心症的人都會沒事抖呀抖的。走，我現在心情超好，你陪我去喝兩杯吧！」

　　「不行啊，我答應我娘要回去吃飯。不然，師父如果不嫌棄，就到我家吃飯吧！」

　　聽了董平的建議，濟顛更加開心，連聲說好。他回頭跟門口的小和尚說：「告訴廣亮，我把事情辦好了，現在要

到外面逍遙幾天，暫時不回來啦！」

　　也不等小和尚回報，<u>濟顛</u>就拉著<u>董平</u>，開開心心的離開<u>靈隱寺</u>了。

第八章　秦丞相的大頭兒子

　　濟顛依約化來萬兩銀子，所以廣亮選了個黃道吉日動工興建大碑樓。有足夠的銀兩，又有人捐木材，因此重新修建的大碑樓非常雄偉壯麗，比原先的大碑樓更漂亮。

　　就在大碑樓即將完工的前一天，小和尚來通報，說秦相府的管家們在靈隱寺外求見。

　　廣亮一聽是丞相府的管家，哪敢怠慢，連忙出門迎接。

　　秦相府大管家秦守看見廣亮跟他行禮，也不回禮，只是高傲的點了點下巴，問：「你是監寺廣亮？」

　　「正是。不知幾位大人今天是來遊山，還是來禮佛？」

　　秦守下巴一抬，仰望即將蓋好的大碑樓，說：「你這大碑樓用的木材質料可好？」

　　廣亮雖然不清楚秦守為什麼要這樣問，但仍恭敬的回答：「都是城裡木材廠老闆捐的上等木材。」

秦守手指一彈：「那好，我們丞相府後花園的閣天樓需要木材整建，你們立刻把大碑樓拆了，把木材運到我們丞相府。」

　　什麼？要拆大碑樓？還要把大碑樓的木材平白送給丞相府建花園？

　　廣亮不敢置信，結結巴巴的問：「管家大人，大碑樓是我們四處化緣才得以重建，一磚一瓦、每片木材，都是臨安城百姓的善心。拆掉……這不太好吧！」

　　「囉嗦！」秦守擠眉瞪眼：「丞相大人的話，誰敢說不？叫你拆你就拆。」

　　眼看秦府管家各個來勢洶洶，廣亮只好使出拖延戰術：「等我稟報住持請他定奪！」

　　「你們住持比我們丞相大嗎？」秦守囂張的往前跨一步，揪住廣亮的衣服：「你這個監寺腦袋不清楚，吃我一記拳頭可能會清醒些。」秦守的拳頭正要往廣亮鼻子揍下去時，「咻──」的天外飛來一根肉骨頭，不偏不倚的砸中秦守的拳頭。秦守痛得手一鬆，蹲了下去唉唉喊疼。二管家秦順開口大罵：「哪個不要命的，敢偷襲我們大管家？」

　　「嘿嘿，正是我這個不要命的濟顛。」

　　眾人抬頭一看，看見濟顛倚靠在大樹上，手中還

有剛啃過的肉骨頭。濟顛舔舔嘴唇，意有所指的說：
「大清早，靈隱寺就來了一群亂叫的狗，我給狗兒吃
幾根骨頭，讓他們安靜安靜。」

　　秦守抱著痛手站起來，知道說話的就是最近名滿
臨安城的濟顛和尚。他雖然聽過濟顛的神通，可是總
認為那些多半是百姓誇張了事實。今天看見濟顛吃肉
又爬樹，全身髒兮兮的，根本就是個名副其實的瘋和
尚，心裡更加確信那些神通之說一定是假的。因此秦
守對濟顛不僅全無畏懼，而且更加輕蔑。

　　他指著大樹上的濟顛：「瘋和尚，你給我滾下來！」
　　濟顛對他扮了個鬼臉：「不如你們上來吧！」
　　一聽這話，秦守幾個人像是被下了指令似的，立
刻抱著大樹想往上爬，爬了幾次都爬不上去。濟顛拍
著自己的腦袋瓜：「唉呀！我忘了狗不會上樹。算了，
你們別爬了，就在樹下轉轉吧！」

　　一聽濟顛這麼說，秦守等人就在樹下轉來轉去，
有的逆時針轉，有的順時針轉，結果全撞成一團，不
停唉唉喊疼，卻仍像瘋了似的拚命繞著樹轉，怎麼也
停不下來。

　　廣亮見了這情景，心裡一驚：「聽人家說這瘋和尚
好像有些神通，現在看來應該不假。可是，不管他再

怎麼神通廣大，也不能去招惹丞相啊！萬一怪罪下來，要我們靈隱寺全體僧眾一起受罰，不就慘了。」

於是廣亮開口：「師弟，秦府管家也是聽命辦事，你就別再戲弄他們了吧！」

濟顛跳下樹來，對幾名管家拍拍手，他們這才停止繞樹，個個捧著頭喊暈說疼。

秦守覺得有些奇怪但又不敢發作，心想：「八成是這個瘋和尚搞鬼，可惡，等回去稟明丞相再來報仇。」

秦守等人回到丞相府，立刻把剛才受辱的事大肆誇張，說靈隱寺眾和尚都肯出借木材，只有一名瘋和尚不但不借，還把眾管家痛打一頓。

秦丞相勃然大怒：「豈有此理，竟敢欺壓到我頭上來。」於是立刻點兵五百名，命令他們捉拿濟顛回來治罪。

士兵抓回濟顛，把他押到秦丞相面前。秦丞相瞪了濟顛一眼，大罵：「先打他二十大板。」

棍子才剛舉起，就聽見後院僕人驚慌失措的奔到堂前：「不好啦、不好啦！內宅失火啦！」秦丞相趕緊

濟公傳

派人先救火，至於濟顛就暫時押到柴房鎖著。

　　救火完畢，秦丞相正想稍微休息一下，沒想到僕人又急忙來報：「不好啦、不好啦！」

　　「又怎麼啦？」秦丞相問。

　　「公子病啦！」

　　「公子」指的是秦丞相的寶貝獨子秦恆，是臨安城兩大惡霸之一，另一個惡霸則是秦丞相的乾弟弟王勝仙。他們二人平日仗著秦丞相官威浩大，在臨安城作威作福，欺壓百姓。有時事情鬧大，進了官府，縣官害怕秦丞相，多半要受欺負的百姓自認倒楣，不要計較。這兩人知道在臨安城沒有人敢管他們，更加得意猖狂，無法無天。

　　秦丞相一聽是寶貝兒子病了，連忙奔回內宅探望秦恆。

　　一看見秦恆，秦丞相嚇得倒退三步，指著秦恆說：「怎麼、怎麼會這樣？」

　　這秦恆不知道是被蜂螫了，還是食物中毒，一顆頭竟腫得比水缸還大，躺在床上哼哼唉唉。看見秦丞相來了，秦恆鼻涕眼淚齊下，不停的哭訴：「爹，救我。」平日罵起人來大聲得要命的秦恆，這時候聲音比蚊子

叫還小聲。

秦丞相心疼不已，連忙派管家去請大夫。

管家請來了臨安城第一名醫李懷春。李懷春看見秦恒也是嚇一大跳，診斷之後連連搖頭：「這病我不會治。」

「李大夫，您是臨安城第一名醫，您不會治，還有誰會？求您救救我的寶貝兒子吧？」

李懷春撫鬚沉吟了一會兒，說：「秦公子的病我確實不會治，可是我可以推薦一個人，他一定有辦法。」

「是哪個大夫？」

「他不是大夫，是個和尚！」

和尚？怎麼又是和尚？秦丞相皺眉，正想問是哪家寺廟的和尚，就聽見後院柴房傳來荒腔走板的歌聲：「行善積德有福報，作惡多端必遭禍，仗勢欺人大頭甕，只怕此生命難測。」

「唉呀，唱歌的人不是濟顛嗎？」李懷春一聽，立刻眉開眼笑說：「秦公子有救啦！丞相，我說的師父就在您府上啊！」

「咦？難道是那個瘋和尚？」秦丞相叫管家把濟顛押上來。

李懷春看見濟顛被鐵鍊鎖著，大驚失色的問：「是誰把聖僧綁成這樣啊？」

濟顛撇頭不回答。

秦丞相知道濟顛心中有氣，趕緊親自幫他鬆綁，求他為兒子治病。

濟顛甩甩頭，又伸展手腳：「我手腳不靈活，沒法子治病。」

秦丞相趕緊派人替他搥搥。

濟顛又說：「我一想到我辛苦化緣蓋好的大碑樓就要給人拆了，心情就不好；心情不好，就沒辦法治病。」

秦丞相趕緊說：「不拆、不拆，只要聖僧治好我兒子的病，我一切都聽聖僧的。」濟顛往膝蓋上用力一拍：「那好！還有你家那幾隻看家狗仗著你丞相的名聲，在我靈隱寺耀武揚威，我想到就不舒服，沒法子治病。」

秦丞相猶豫了一會兒，說：「我請他們給您賠罪。」

濟顛手一揮：「免了，罰他們打掃靈隱寺大門十天吧。」

秦丞相連忙點頭說是，又問濟顛：「那現在師父可以幫我兒子治病了嗎？」

濟顛再拍拍肚皮說：「和尚我被你捉來這裡，一天一夜沒吃沒喝，你這丞相真沒天良，不給我一點東西

消飢止渴，就要我替你辦事。你算不算是個體恤民情的好官啊？」

　　濟顛的一席話讓秦丞相困窘的臉紅耳赤，呆立著說不出話來，想發怒，卻又怕濟顛生氣了，不肯替兒子治病。他心想：「好呀！臭和尚，等你治好我兒子的病，我再拆掉你的大碑樓，把你丟進牢裡，好好的跟你算帳。」

　　像是看穿秦丞相的心思似的，濟顛又唱起歌來：「穿著綾羅綢袍還敢嫌官小，吃民脂民膏不為民想還嫌不飽，今朝為官作威作福樂逍遙，不知明日大禍已到。」

　　一聽濟顛唱的歌，秦丞相嚇得心兒一跳，心想：「這和尚怎麼好像又在罵我。」他仔細打量濟顛，看他一身破爛、蓬頭垢面，再往他的臉看去，秦丞相往後倒退幾步，差點跪了下去。原來濟顛一雙明亮的眼睛正直直的看進秦丞相心裡最齷齪的那一面；清澈如水的目光正把他那最骯髒的部分，掏出來洗刷一番。

　　秦丞相忍不住打個哆嗦，雙膝一軟，跪了下去，虔敬的喊著：「求聖僧發發慈悲，救救我兒子吧！」

　　濟顛嘆一口氣，平靜的說：「你祖上秦檜害死岳王爺*，已經是大大的過錯，本該罰秦氏後人皆為傭奴，

濟公傳

但是上天慈悲，特許你有贖罪的機會，因此讓你當官，造福百姓。你如果不好好珍惜，那麼遭禍的可不只是你兒子啊！」

秦丞相連連磕頭說是。他拜託濟顛：「聖僧，求您給我全家一個贖罪的機會，救救我兒子吧！」

濟顛點頭：「帶我去看看吧！」

一走進秦恒房裡，只見秦恒的頭比剛才又大了數倍，整顆頭皮脹得泛紅發亮。濟顛用手輕輕一戳，皮膚像是要被掐破似的滲出些微血水。秦恒平日作威作福，現在竟連喊疼的力氣也沒有了，只剩下微弱的呼吸。

濟顛嚴厲的問秦恒：「秦恒，你可是忽冷忽熱，之後頭開始腫脹？」

秦恒無法言語，旁邊的僕人代替他回答：「公子昨天從西湖回來，就頻頻喊熱，把衣服脫光還是嫌熱，所以我們抱了一塊冰塊給公子。誰知道公子一碰到那塊冰就渾身發抖，一直說冷，我們又趕緊幫公子穿上衣服裹上被子，還在屋子裡生了幾盆火。好不容易公

---

*岳王爺：即岳飛。宋朝名將，一生與北方的金國打仗，為宋朝抵禦外侮，但是後來受到宰相秦檜的誣陷而被殺害。

子說不冷了，他的頭就開始腫起來了。」

濟顛冷笑幾聲，說：「我就知道。這叫大頭病。你平日在外仗著你丞相府官大勢大，欺壓良民，戲弄百姓，臨安城裡對你早已是怨氣沖天。如今這股怨氣全衝進你丞相府，朝你頭上猛打，所以你的頭才會腫得這麼大。」

秦悜知道濟顛說的都是實話，他心裡既羞愧又後悔，張著嘴想說什麼似的，無奈舌頭也腫得幾乎塞滿嘴巴，沒法子說話。

秦丞相著急的直搓手：「聖僧，有法子解救嗎？」

「當然有啊！」濟顛搓搓脖子，又搓搓下巴，搓出好大一團髒丸子，「把我這伸腿瞪眼丸和麵粉、清水調和成一大碗端上來給我，另外再給我一把刷子。」

僕人捧來濟顛吩咐的東西。濟顛拿起刷子，沾滿黏糊糊的粉漿，刷在秦悜的頭上，每刷一下，都讓秦悜像是被火烤似的，痛得身體直打顫，冷汗直直落。

濟公傳

秦悜貴為丞相府公子，哪有受過這樣的折磨？但正因為這瀕死之痛，才讓他真正痛悟自己的過錯。濟顛察覺秦悜的悔恨，邊刷口中邊喃喃念經。秦悜耳聽梵音，感覺疼痛逐漸遠離。漸漸的，被刷到的地方逐漸消腫，不一會兒，秦悜的頭就恢復成原來的大小了。

秦怛摸摸頭：「啊，真的不疼了。」

他趕緊翻下床來叩謝濟顛，說：「多謝聖僧救我，我以後一定痛改前非，萬萬不敢再欺壓別人。」

濟顛冷笑道：「不敢最好，你如果再犯，頭就會再變大，到時候只怕我也無法救你啦！」

秦怛又一叩，說絕對不敢再犯。

濟顛大笑，搖著扇子走出丞相府。李懷春從後頭追了出來，問濟顛：「師父，您真厲害，竟然有辦法治那個秦怛，還要秦丞相跟您下跪認錯。您不怕他們痛過之後，心裡反而怨恨您剛才羞辱他們，來找您報復，或者是又再犯錯？」

濟顛回頭，看見昏暗的天色中，丞相府上一陣極粗的黑煙直直衝上雲霄。

濟顛嘆了一口氣，淡然的說：「人生難免有差錯，剛才他父子二人經歷生死難關，必定會大徹大悟。只是……唉，這人世間的錯誤、惡行，究竟要到哪時，才能收盡……」濟顛仰頭問天似的喃喃自語。

向來以為濟顛只有瘋癲嬉鬧一面的李懷春，看見濟顛如此悲天憫人，鼻子不禁也為之一酸。想不到眼淚才升到鼻頭，濟顛就一個大喝，笑開懷的摟住李懷春的肩膀：「老弟，我肚子又餓了，你請我上酒樓吃飯

吧！」

　　看見<u>濟顛</u>的嬉皮笑臉，<u>李懷春</u>的眼淚「咕嘟」的吞回腹內。他笑著回答：「師父想吃什麼，我都請客！」

　　「好呀！走走走，我要吃烤全雞，還要幾壺上好的燒酒啊！」<u>濟顛</u>又蹦又跳，拉著<u>李懷春</u>往酒樓走。

第九章　黑心肝的神棍張老道

　　臨安城是個繁榮的城市，住著許多富豪，其中有個富豪叫做梁萬倉，為人樂善好施，尤其對上門化緣的道士最慷慨，道觀如果缺錢修觀，道士就會上梁萬倉家化緣。但是自從有一個道士上門化緣，卻把化來的錢拿去酒家大吃大喝，正好被梁萬倉撞見後，梁萬倉便在門口貼出告示，說以後只願意捐款給廟宇，而不捐錢給道觀了。

　　這個消息被祥雲觀的觀主張妙興知道了。張妙興雖然是修道人，但修的都是一些邪門歪術，專靠作法恐嚇來斂財，是個壞到骨子裡的神棍。他心想，這個梁萬倉竟敢尊敬僧人而輕賤道士，萬一人人都這樣，那他們道士還混什麼？於是他想出了一條毒計，要惡整梁萬倉。

　　這天下午，梁萬倉的兒子梁士元剛下課，經過市集，看見有個算命攤正在幫人看手相算命。

梁士元湊過去看熱鬧，恰好聽見算命攤的客人連連點頭，稱讚相士算得準。客人走後，相士抬眼看著梁士元說：「年輕人，你也想算命嗎？」

　　梁士元正在猶豫，相士又說：「我看你眉清目秀，未來想必仕途順遂。這樣吧！你我相遇也算有緣，不如我送你一卦，當做結緣吧！」

　　梁士元聽見讚美，心情大悅，想說就讓相士算算看，聽他怎麼說。

　　相士問：「請問公子生辰八字為何？」

　　梁士元把自己的八字告訴相士，相士提筆寫下之後，沉吟一會兒，拱手恭喜梁士元：「公子是文曲星下凡，必定能通過科舉，未來將會官運亨通，步步高升啊！」梁士元聽了好開心，正想多問幾句，突然平地一聲雷，緊接著下起了傾盆大雨。相士急忙收攤避雨，梁士元也趕緊離開市集跑回家。

　　梁士元淋了一身雨回到家，就感覺頭重腳輕。他以為自己感冒了，所以連晚飯也不吃，就進房休息。但這一睡，卻怎麼也喚不醒了。

　　梁萬倉急壞了，要僕人去請大夫，不料僕人卻請回來一個道士。

梁萬倉正想罵人，道士就開口了：「貧道張妙興，路過貴宅，發現貴宅黑氣衝天。請問貴宅是否有人昏迷不醒呢？」

　　梁萬倉大吃一驚：「道長，您好法力！」

　　梁萬倉把兒子的狀況告訴張妙興。張妙興誠懇的說：「梁公子是中了邪氣，貧道不才，願意設壇為梁公子驅邪。」

　　梁萬倉趕緊拿出銀兩拜託張妙興設壇作法，張妙興點頭答應，說得先回道觀拿些必需品。

　　回到祥雲觀，張妙興得意洋洋的跟師弟劉妙通炫耀他拿到的銀兩，劉妙通稱讚師兄，問他究竟用了什麼法子。張妙興拿出一個釘了符咒的草人說：「這就是我的法寶。我騙來梁士元的八字，貼在草人上作法，他當然昏迷不醒啦！」

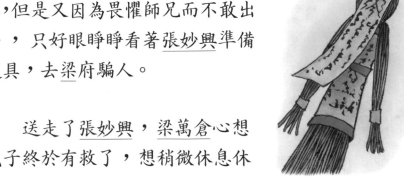

　　劉妙通覺得師兄這樣太過狠毒，但是又因為畏懼師兄而不敢出聲，只好眼睜睜看著張妙興準備道具，去梁府騙人。

　　送走了張妙興，梁萬倉心想兒子終於有救了，想稍微休息休

息，卻聽見大門外傳來吵吵鬧鬧的聲音。

梁萬倉走出大門，看見一個全身髒兮兮的和尚正拿著扇子追打管家。梁萬倉趕緊上前阻擋：「這位師父，你怎麼可以亂打人呢？」

這個髒和尚就是濟顛。濟顛氣呼呼的說：「我只不過是想化點齋飯來吃，哪知你們家的管家欺負人，竟然把餵狗的飯扔給我吃。」

管家急忙辯解：「不是啊！他說他要化什麼魚翅燕窩粥，我看他分明就是瘋……」

「瘋？瘋什麼？我最討厭人家說我是瘋子！」濟顛舉起扇子又想打管家。

梁萬倉急忙阻擋：「師父，如果你不嫌棄，就讓我請你吃一頓齋飯，消消氣吧！」

因為兒子有救了，所以梁萬倉的心情特別好，因此對濟顛特別寬容。

沒想到濟顛坐上飯桌，看都不看素菜一眼，兩隻髒手直接撲向烤雞和燻鴨，一手雞腿、一手鴨翅，邊吃還邊說：「梁老爺，你家好漂亮，讓我參觀參觀吧！」

不等梁萬倉答應，濟顛就四處亂闖。闖進梁士元的房內，看見梁士元昏迷不醒，濟顛就跳到梁士元身邊說：「哇，你兒子真好命，大白天還在睡覺。」

梁萬倉又氣又無奈的解釋：「他不是在睡覺，而是昏迷不醒。」

濟顛搔搔梁士元的下巴說：「是嗎？」然後摘下自己的髒帽子，戴在梁士元頭上，再跳到他腳邊，摳他的腳丫子：「你還裝睡啊？」

梁萬倉氣惱的上前，想阻止濟顛的胡鬧，卻聽見梁士元「噗哧」一聲笑了出來。他睜開眼睛，抖著腳說：「誰呀？別鬧了，別搔我的腳啊！」

看見梁士元清醒了，梁萬倉又驚又喜，正想問他好點沒，濟顛就取走梁士元頭上的僧帽說：「原來你裝睡啊！不借你帽子戴了！」

沒了僧帽，梁士元就「咚」的又倒回床上，昏了過去。

濟顛拍拍梁士元的臉叫：「喂，你別睡啊！我帽子借你戴就是啦！」說著把帽子戴回梁士元頭上，梁士元就又醒了過來，看著濟顛問：「你是誰啊？」

濟顛朝他吐吐舌頭：「我是誰？我是濟顛！」說完又把僧帽摘下來，梁士元就再度倒了下去。

梁萬倉心想：「那僧帽八成有些神通。」於是對濟顛說：「師父，你那僧帽可以借我一下嗎？」

濟顛一聽，急忙把僧帽收進懷裡說：「不借，除非你再請我一桌酒菜，我吃飽喝足才借你。」

「好好好！」梁萬倉急忙要人備酒菜給濟顛吃喝。

酒菜剛上桌，僕人就來報告，說張妙興已經到了。

「師父，你慢慢吃，我去去就來。」

濟顛滿嘴燒肉、口齒不清的揮手要他離開，梁萬倉搖搖頭，出去迎接張妙興。

看見張妙興道具齊全，梁萬倉放心的想：「嗯，還是拜託眼前這個穩重的道長幫兒子驅邪比較妥當。」

張妙興擺好陣勢，開始設壇作法。他拿起伏魔劍，口含符水往半空一吐，大喝：「妖邪去也！」

天外飛來一聲：「神棍來也！」吐出去的水竟然噴回張妙興臉上。

「呸呸呸，是誰壞我法事？」張妙興氣惱的抹去一臉水，看見濟顛搖著扇子走出來。

「是濟顛我看你沒洗臉，教你把臉洗乾淨哩！」

張妙興非常惱火，怒氣沖沖的說：「濟顛，我叫你三聲，你敢不敢回應？」

「三聲？三百聲我也敢！」

張妙興連喊三聲「濟顛」，濟顛連應三聲；到了第

三聲時，張妙興把手中酒杯用力一摔，濟顛打了一個大噴嚏，「撲通」一聲就往後倒。

張妙興哼哼冷笑：「把你的魂魄鎖在我這乾坤杯中，看你還作不作怪。」

話才說完，濟顛又打了一個大噴嚏，從地上爬起來說：「哎喲，剛才吃太飽了，害我差點睡著。」

張妙興知道又被濟顛戲弄，更火大，決定使出絕招。他說：「臭和尚，你敢把生辰八字告訴我嗎？」

「說就說，誰怕你？」濟顛隨口說出自己的八字。

張妙興立即口中念念有詞，然後朝著濟顛發出一掌，只見濟顛衣袖飄動幾下，兩眼一翻，倒在地上。

張妙興告訴梁萬倉：「瘋和尚壞了我的法事，不過我已經作法收拾他了，雞啼時分就是他命喪黃泉的時候。等他一死，沒人破壞法事，我再來為梁公子作法驅邪。」說完也不等梁萬倉回話，就急忙離開。

梁萬倉不敢將昏迷的濟顛抬出府外，只好派人先守著他，決定等明天張妙興來了再做打算。

張妙興匆匆奔回祥雲觀，在符紙上寫下濟顛的八字，貼在草人上，然後開始作法。

劉妙通原本在外面和一名年輕人有說有笑，抬頭

看見祥雲觀上烏雲聚集，心裡覺得不妙，趕緊跑回道觀。一衝入後堂，就看見張妙興一手朝草人灑硃砂，一手拿劍戳刺草人，口中喃喃念著：「戳一下狂風起，戳兩下魂魄拘，戳三下永世不超生。」

劉妙通趕緊撲過去拍落草人：「師兄，你怎麼可以施行這麼惡毒的咒語？」

「滾開，沒你的事。」張妙興瞪著劉妙通。

劉妙通搖頭：「師兄，你不可以再害人了，這樣會天理不容的。」

「我就是天理！」張妙興踢開劉妙通，撿起草人，正要繼續施法時，忽覺背後涼風一掃，張妙興身子一矮，一柄彎刀恰恰從他頭頂掠過，嚇得他冷汗直流。扭頭一看，只見剛才那名年輕人，拿著一柄亮晃晃的彎刀，生氣的瞪著他：「你幹嘛欺負劉大哥？」

這名少年叫做陳亮，是江南鏢局的大公子，才十五歲，長相俊秀，個性魯莽，也會些武功。他跟家人說想要到外面闖蕩一陣子，見見世面，因此離家四處遊蕩。這天經過祥雲觀，想起童年好友劉妙通在這兒修行當道士，因此特地過來看看他。

兩人聊天聊到一半，劉妙通忽然臉色大變，就往後堂衝去，陳亮隨後跟上，正好看見劉妙通被張妙興

一腳踢倒，於是趕緊上前幫忙。

張妙興大怒：「又多一個礙事的傢伙！好，看我施法把你們兩個定住。」

張妙興隨手施展定身法，定住了劉妙通和陳亮，然後繼續作法，想在天亮前將濟顛的魂魄勾來。

果然，不一會兒狂風大作，一陣窸窸窣窣的聲音隨風飄來，緊接著一個黑影站在桌上，朝張妙興嘻嘻笑：「張老道，我來找你報到了！」

張妙興抬頭一看，那黑影可不就是濟顛嗎？他氣得大罵：「瘋和尚，我只要你的魂魄來就好了，你幹嘛連肉身都一起來？好，我就親自給你一劍，送你上西天。」說著把劍刺向濟顛。

濟顛右腳踹飛張妙興手中的劍，然後縱身跳到張妙興背上，扭著他的耳朵說：「你這個惡神棍，打著神仙招牌做壞事，今天一定要讓你嚐嚐惡果。」

張妙興身子一弓，甩開濟顛：「什麼神棍？胡扯！我是三清教主的兒子轉世，是神子！你敢破壞神子好事，你才會嚐到苦頭。」

張妙興抓起地上一把柴草，喃喃念著：「祝融*速

---

*祝融：古代火神名。

速前來供我差遣，燒！」烈火瞬間燃起，張妙興將火把丟向濟顛，然後雙手快速畫圓，指揮火焰圍住濟顛。

只見濟顛不慌不忙，露出微笑，鼻子輕哼一聲，火勢立刻轉向張妙興。張妙興大驚，揮舞雙手想要施法將火推回去，只見濟顛又搖搖頭，火焰包圍張妙興，繞著他起舞。

大火竄燒，張妙興左躲右閃，熊熊火焰燙得他哇哇大叫，他只好向濟顛求饒：「聖僧，我知錯啦，求您饒我一命吧！」

「真的知錯？」

張妙興邊咳嗽邊猛點頭。

濟顛揮揮衣袖，火勢瞬間弱了下來：「以後絕對不可以再有害人之心。」

灰頭土臉的張妙興跪倒在地，氣喘吁吁的說：「以後不再害──」「害」字還沒說完，他袖袍一甩，射出一隻毒鏢，正中濟顛胸口。濟顛一愣，張妙興趁勢起身作法，喚醒大火燒向濟顛：「臭和尚，中了我的奪魂鏢，你動彈不得了，等著被烤成焦和尚吧！」

濟顛露出悲憫的表情，邊搖頭邊說：「為何總是執迷不悔──」說完，火龍從祥雲觀四面八方飛入，撲向張妙興。一瞬間，張妙興全身著火，滿地打滾，慘

叫連連。

　　濟顛心一橫，腳踏火焰，轉身走出祥雲觀。看見漫天黑煙直衝雲霄，濟顛不禁感嘆：「唉，這些惡氣究竟何時才能從人間消失呢？」

　　忽然間他心中一痛，趕緊仔細檢查道觀的四周，才發現道觀角落裡躺著兩個人。濟顛揮揮衣袖，火海退向兩旁，濟顛又再揮揮衣袖，陳亮、劉妙通兩人馬上醒了過來。他們看見周圍火焰飛揚，卻有一名和尚腳踩著烈火，雙眼直直的看著他們。

　　陳亮驚呼：「是神仙！神仙，救救我和劉大哥吧！」

　　濟顛點頭：「快出來吧！」

　　兩人趕緊相互扶持，走出道觀，所經過的地方，火焰都自動退了開去。出了道觀，兩人立刻跪在地上叩謝濟顛。濟顛對劉妙通說：「你還是另外找個地方來修行吧！記得要找間乾淨的道觀。」

　　說完，濟顛就要回去梁家，走沒幾步，發現陳亮跟了過來。

　　「你跟著我幹嘛？」

　　「師父，我剛才瞧您真是神通廣大，您收我做徒弟好不好？」

　　「徒弟？徒弟能有什麼用？」濟顛不答應。

「徒弟很好用，夏天給您搧涼，冬天給您溫被，早上幫您打水，晚上幫您洗腳，還有……」

「夠了夠了！」濟顛阻斷陳亮的話：「想當我徒弟的話，等下次床底見再說吧！我還得趕回梁家救人哩。」說完，拔腿快跑，轉眼之間就不見了蹤影。

陳亮猜想：「『床牴』見？這『床牴』是在哪一縣啊？」他想半天，摸不著頭緒，只好先下山再做打算。

濟顛回到梁家，快速的解開梁士元中的邪術。

梁萬倉這時正坐在廳堂上愁眉不展，他心裡一邊納悶濟顛不知跑到哪兒去，一邊又擔心兒子的病情。梁士元忽然活蹦亂跳的走出房間，跟他請安，令他又驚又喜。一問之下，才知道是濟顛救了兒子。梁萬倉除了一再磕頭跪謝，還擺了一桌豐盛的酒席宴請濟顛，並留他在梁家住些日子。

濟顛在梁家住了幾天，某天清早，趁眾人還在熟睡的時候，就悄悄離開梁家，四處逍遙去了。

濟公傳

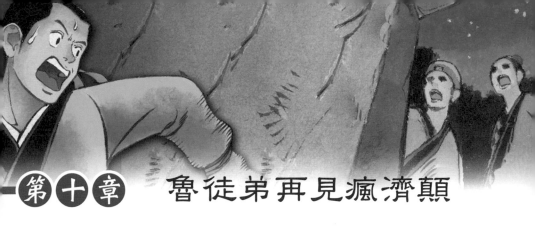

第十章　魯徒弟再見瘋濟顛

陳亮從祥雲觀下山後，就一路打探濟顛的下落。他聽說濟顛是靈隱寺的和尚，所以上靈隱寺找濟顛，但是濟顛此時正好在梁家做客，不在寺內，陳亮於是決定先在臨安城住下來，改天再去尋找濟顛。

這天，陳亮上飯館吃飯，看見一名中年人摸著流血的下巴，氣呼呼的走進來。店小二認識這中年人，他是臨安城裡一間當鋪的主人韓文成。

韓文成經營當鋪多年，向來童叟無欺，不占人便宜，有人急需用錢，還會高估銀兩給客人。韓文成有個妹妹韓文香，活潑嬌美，是哥哥的好幫手。鄰居常說這對兄妹不像是在開當鋪，倒像是開善堂的。

看見熟客韓文成受了傷，店小二趕緊上前招呼，詢問他怎麼了。韓文成用力吸了一下鼻子，說：「我妹妹被蘇北山他們家給擄走了。」

「怎麼可能？」此話一出，不僅店小二不相信，鄰座客人也都直呼不可能。

因為蘇北山是臨安城的大善人，舉凡造橋鋪路、興建學堂、賑濟災民等義舉，樣樣都有他的身影。這麼一個大善人怎麼會做出強擄民女的事呢？

　　「怎麼不可能？」韓文成用力一拍桌子：「上個月蘇北山說想要買下我的鋪子蓋新樓，我說讓我多考慮幾天，結果今天早上我妹妹就不見了。我還在她房裡撿到這個蘇家的家徽。」韓文成把蘇家的家徽拿出來給大家看。眾人湊上前一看，韓文成拿的確實是蘇家的家徽，飯館裡頓時議論紛紛。有的人問韓文成有沒有去蘇家求證過？

　　韓文成聽到這個問題，臉色更難看了：「怎麼沒有！他們家的管家一看見我，就說老爺不在，硬是不讓我進門。我氣不過，跟他吵起來，卻被其他家丁給打了一頓，我才會一身是傷。」韓文成越說越激動，說到氣憤處，忍不住眼眶都紅了。

　　韓文成一席話全落入了坐在角落的陳亮耳朵裡。他心想：「這個蘇北山真是可惡，竟然做出這種傷天害理的事情。」他仔細打量韓文成：「這個大個子一臉忠厚，看來是個好人。嗯，得想法子幫他。」

　　店小二端了一碗麵上來給韓文成，勸他先填飽肚子再想辦法，還說這中間說不定有什麼誤會。

韓文成一聽，右手重重往桌上一拍，憤怒的說：「證據都擺在眼前，哪是誤會？罷了罷了，說給你們聽，你們也不會站在我這邊。我自己想辦法去救我妹妹吧！」說完，麵也不吃，掉頭就走。

陳亮看著離去的韓文成，心裡想：「這個韓文成看樣子是真的受了委屈，無處申訴。不如我上蘇家救出他妹妹，制裁這個仗勢欺人的蘇北山。然後拿著這件功勞去見濟顛師父，到時候師父一定會稱讚我，立刻答應收我為徒。」

於是陳亮趁夜潛入蘇家，想擒住蘇北山，逼他吐出實情。

不料蘇家占地廣闊，又是亭臺樓閣，又是花園，又是假山，陳亮在府裡轉了幾圈，仍找不到正廳。正當他想要進一步打探時，卻聽見一陣吵吵嚷嚷的聲音往這兒過來，他趕緊躲進假山的洞裡。

陳亮側耳一聽，大多是與他年紀相仿的青少年的聲音，其中夾雜著幾個成人的聲音。怪的是，竟有個聲音讓他覺得十分耳

熟。正當陳亮在思索這究竟是誰的聲音時，講話聲卻戛然而止。

一陣涼風掃過陳亮頸後，他矮身回頭，看見銀光一閃，眼看一把刀就要劈過來，陳亮趕緊跳開，抽出腰間寶刀抵抗。

使刀的人正是趙斌。緊接著，楊猛等人也上前圍著陳亮。

「你是誰？為什麼躲在蘇伯父家裡，還穿成這樣？」趙斌問。

「我來替天行道！」陳亮瞇眼瞧著眼前的少年，不屑的說：「蘇北山沒買到店舖，就搶人家的妹妹威脅，像這種大惡霸早該受到懲治！」

「胡扯！蘇伯父是臨安城的大善人，怎麼可能做出這種事呢？」楊猛說著，立即舞動大刀逼向陳亮，其餘少年也紛紛使出各種武藝向陳亮進攻。

陳亮自幼習武，功夫不錯，但畢竟寡不敵眾，於是虛晃一招就翻身逃去。眾少年還想追，卻閃出一道人影，阻止了他們。

「讓他去吧！」阻止的人正是濟顛。

「濟顛師父，這人分明就是個不良少年，你幹嘛不讓我們把他抓起來，痛打一頓？」楊猛不服。

濟顛拿起破扇子往他頭上一敲，嗤笑一聲：「『五十步笑百步。』人家是不良少年，你們以前不是嗎？如果不是我法力高強，收服你們這幾個小流氓，拜託蘇北山、趙文會捐助你們讀書習武，你們現在不也是在街上遊蕩？」

原來濟顛看趙斌、楊猛這些孩子本性不壞，所以要蘇北山等人籌建學堂和武功房，供城裡的弱勢孩子習武讀書。

濟顛內心十分清楚，僅靠一人之力，絕對不可能去除欲念珍珠在人間誘發的惡氣，因此，最重要的是要紮下善根，讓這批年輕人向上成長，如此人間才有希望。

今天蘇北山設宴邀請濟顛，也邀這批年輕人當陪客。眾人在後花園閒逛，才會發現陳亮。

天色昏暗，所以陳亮沒看見他要尋找的師父——濟顛——就在人群之中。

陳亮逃到廚房，看見滿桌酒菜，覺得肚子有點餓，於是順手折了一隻鴨腿吃。吃著吃著，他心生一計，從腰間掏出一包迷藥灑在湯中。陳亮想：「我先迷倒你們，再把蘇北山揍一頓，逼他交人。」

　　一會兒廚娘進來端菜，正好就端了那碗摻了迷藥的羹湯，陳亮便跟著出去，偷偷來到飯廳的屋頂上，掀開一片屋瓦往下瞧——首先瞧見一頂僧帽，然後瞧見一隻髒手摘下僧帽搔搔頭。突然間，那顆頭猛然往上一抬，陳亮大吃一驚，急忙蓋上屋瓦，心中驚疑不定：「剛才瞪著我瞧的，不正是濟顛師父嗎？奇怪，師父怎麼會和蘇北山這個大壞蛋在一起？」陳亮移動幾步，掀開另一片屋瓦，再往下看——

　　飯廳內，蘇北山正在招待濟顛等人吃飯。蘇北山問：「師父，您怎麼一直往上看啊？」

　　「我在看『猩猩』！」

　　「星星？師父您真愛說笑，我這屋子上面有瓦片遮住，哪看得見星星啊？」

　　「唉，你不懂，我看的是在樹上爬的猩猩，不是

天上的星星！」濟顛邊說，眼睛又往上面瞄了瞄。

陳亮聽見濟顛的話，嚇出一身汗，心想：「難道師父剛才已經看見我了？但他又是怎麼知道我的綽號呢？」因為陳亮的綽號叫做「聖手猿」，所以他才認為濟顛故意用「猩猩」二字嘲諷躲在屋頂上的自己。

聽見濟顛的瘋言瘋語，蘇北山以為他又在說笑了，因此毫不在意。

濟顛一把端走廚娘端來的羹湯，大喊：「好湯，給我！」咕嚕咕嚕就全吞下了肚。正要幫濟顛舀湯的蘇北山等人都看傻了眼。

大家都以為濟顛又在胡鬧，卻都不知道那碗湯剛才被陳亮下過迷藥。

濟顛喝完湯後，打了個嗝說：「肚子好脹，我要去尿尿。」說著就走出門外。

就在大家吃飽喝足的時候，家僕說外面有人求見，蘇北山還未迎客進門，韓文成就氣急敗壞的衝進來，看見蘇北山，二話不說衝上前揪住他，大喊：「把我妹妹還來！」

這些小遊俠趕緊上前勸架，隔開兩人。

蘇北山問：「韓賢弟，你怒氣沖沖見了我就打，還

要我還你妹妹，這到底是怎麼一回事啊？」

「你還裝蒜！」想起妹妹，韓文成又氣又急，把韓文香被蘇家擄走的事說了一遍後，指著蘇北山大罵：「早上我來找你要人，你們管家說你不在，找人把我打了一頓，還轟我出去。哼，你這個假面善人，快把我妹妹還來！」

蘇北山被罵得糊裡糊塗，正想再問得更清楚時，濟顛回來了，手上還抓著一個人──蘇家總管蘇福。

「蘇北山，我剛才去尿尿，看見你家總管好像要出遠門，我叫他先來跟你請個假再出門，他卻不肯，所以我只好把他抓來了」濟顛說。

蘇北山看向蘇福：「蘇福，你要去哪？」

蘇福哆哆嗦嗦，面紅耳赤的不敢回答。

濟顛拿著吃完的骨頭敲他的腦袋說：「不敢回答？我替你說吧。你要去銷贓是吧？」

「銷贓？蘇福，你偷了什麼？」

蘇福知道逃不過了，急忙下跪磕頭，喊著老爺饒命。蘇北山審問之後才知道，韓文成這件事全是蘇福搞的鬼。

蘇福愛喝酒，酒品又很差，經常因為酒醉誤事，

遭到蘇北山責罵。上個月蘇福因為酒醉，差點害死了另一名家丁，蘇北山一氣之下把他當月的薪水全扣光，還跟他說，要是再不戒酒就要辭退他。

蘇福被罵之後越想越氣，就把這件事告訴他的酒友余通。余通說，與其讓人辭退，不如自己先走；又說隔壁鎮的羅公子正缺個侍從，蘇福正好合適。余通慫恿蘇福，在「走路」之前，不妨留個「紀念品」，讓蘇家雞飛狗跳，順便消消蘇福的怨氣。

一肚子壞水的余通說，羅公子對韓文香垂涎已久，但一直苦無機會接近她，不如就把韓文香當做見面禮送給羅公子。於是兩人趁夜搶走韓文香，再把這件事嫁禍給蘇北山。

蘇北山沒想到自己的家僕竟然如此傷天害理，氣得火冒三丈；陳亮在屋頂上也氣得臉紅脖子粗，自己差點就誤傷了好人。兩人都恨不得痛打蘇福一頓。

於是蘇北山先派人到余通家裡救出韓文香，再把惡僕蘇福和他的損友余通一起送官嚴辦。

事情解決後，一行人繼續喝酒吃飯。

「濟顛師父，今天多虧您神通廣大，洗刷了我的冤屈，還我清白。來，我敬您。」蘇北山舉起酒杯向

濟顛敬酒後，回頭對僕人說：「廚房裡不是還有一隻黃金烤鴨？快端上來給師父配酒啊！」

「是！」

僕人端出黃金烤鴨，濟顛照例往鴨腿進攻。只是他用筷子翻翻鴨子，皺著眉對蘇北山說：「蘇老弟啊，你怎麼買了一隻瘸子鴨招待我啊？你知道我吃鴨腿向來都吃一雙，沒有吃一隻的啊！」

蘇北山看著少了一隻腿的鴨子，也疑惑的說：「這隻鴨子買來的時候，明明是兩條腿啊！」

濟顛嗅嗅手中的鴨腿說：「有賊味！嗯，另一隻腿是被偷走的。」

濟顛折下鴨頭說：「這個鴨頭會告訴我，牠的另外一隻腿在哪。」說著把鴨頭往上一拋。

想不到鴨頭竟然就這樣掛在天花板上，下不來。

濟顛向上一指：「啊，小賊在上面！」

屋頂上的陳亮一驚：「這不是在說我嗎？糟了，要是被逮到，那有多丟人啊！」於是陳亮縱身一跳，逃往別處。

陳亮一跳走，掛在天花板上的鴨頭就掉了下來。

「嗯，鴨嘴指向東南方，小賊就在那個方向。」

濟顛走過去撿起鴨頭，要眾人跟著他走，遇到岔路就丟鴨頭找方向。

趙斌一邊跟著走，一邊低聲笑著說：「師父不會又是鬧著玩吧？」

濟顛轉身，用鴨頭戳戳趙斌的額頭：「你這個愣小子，我這是鴨頭占卜法，是暹羅＊古國用的法子，沒見識就少說話。」

趙斌吐吐舌頭不敢再出聲。

一行人來到蘇北山的臥房前。濟顛拾起丟在地上占卜的鴨頭，推開蘇北山的房門說：「沒錯，就是這裡了。賊味好重，你們有沒有聞到？」

從屋頂逃開的陳亮正躲在房間床底下，知道眾人進來了，想出去認錯又沒膽，不知如何是好。

濟顛把鴨頭一丟，「砰」的一聲，鴨頭落在地上，鴨嘴尖尖正朝著陳亮。濟顛擊掌大喝：「偷鴨腿的賊就在床底下！」

眾人一聽，全都蹲下去要揪出賊人。陳亮一個滾翻出了床底，跪在濟顛面前，喊著：「師父，是我陳亮，

＊暹羅：泰國古稱。

別打我呀！」

濟顛用破扇子打他的腦袋：「你這個笨傢伙，是非不分，差點誤傷好人。」

陳亮又羞又窘，跪在地上不敢起來。濟顛抽出陳亮腰間的佩刀，右手扇子一揮，佩刀瞬間斷成兩半，掉在陳亮面前。陳亮心中一驚，趴在地上，不敢抬頭。

濟顛說：「蘇老弟，這個年輕人跟我有緣，今天冒犯你的事情，就看在我的面子上，不要計較了吧！」

蘇北山搖手：「誤會解開就好，濟顛師父別放在心上。」

濟顛帶著陳亮走出蘇家。濟顛一路不言不語，陳亮心想：「師父八成還在氣我，誰叫我自己這麼魯莽。」因此也不敢說話。

回到寺裡，濟顛指著角落叫陳亮歇息，然後自己也去睡覺。

到了半夜，陳亮感覺腦袋上好像有隻手正在撫摸自己的頭髮，一會兒那隻手移開了，卻又聽見磨刀的聲音。陳亮急忙坐起，點燈看個究竟，原來是濟顛正在磨刀。

濟顛用手指試試刀鋒，然後滿意的點點頭，斜眼看著陳亮說：「你過來！」

「師父，您要做什麼？」

「廢話，當然是給你剃頭落髮啊！你當和尚的徒弟，當然也是個和尚，和尚哪有像你這樣留長髮的？過來，我給你剃掉！」

陳亮摀著頭不肯過去。他向濟顛拜師，只是景仰濟顛的神通，並不是想當和尚啊！而且，陳亮向來以自己俊帥的外貌自傲，要他落髮變成大光頭，那多醜啊？他才不想哩！

濟顛看他不過來，於是上前要抓他，陳亮趕緊逃出門外。二人追過來、閃過去，吵醒了廣亮。廣亮知道濟顛又在胡鬧，罵道：「瘋子，哪有人半夜剃頭落髮的！」於是命令其他和尚抓住濟顛，然後對陳亮說：「你這個笨蛋，竟然認個瘋子做師父，要命的話，就快滾吧！」

陳亮狼狽的跑出靈隱寺，心裡非常後悔，怎麼會認個瘋子當師父呢？

可是，陳亮想起上回在祥雲觀濟顛大顯神通時的景象，那時的濟顛就像個神仙似的，怎麼會是瘋子呢？

他左思右想，想不出這究竟是怎麼一回事，最後決定暫時先在臨安城住下來，日後再做打算。

濟公傳

一第十一章 貞冤得雪

　　雖然陳亮因為「半夜落髮」事件嚇得逃出靈隱寺，但是濟顛知道陳亮仍然住在臨安城，因此時常找機會點化他。

　　這天，濟顛在客棧巧遇陳亮，正要開口，陳亮就嚇得逃跑了。濟顛原本想要追出去，卻看見兩名僕從走進客棧，對著所有客人探頭探腦，像是在找人。濟顛眉毛一挑，知道這兩名僕從應該是來尋找自己的，於是便安坐不動。

　　果然，僕從向掌櫃問完話，就走過來拜見濟顛，表明他們是臨安太守的家僕。臨安太守趙鳳山的孀母失明已久，趙鳳山聽說濟顛的神通，因此派他們二人來請濟顛到崑山醫治孀母的眼疾。

　　濟顛欣然答應，跟著兩個僕從來到了崑山趙府。濟顛檢查完老太太的眼疾之後，對趙鳳山說：「這眼病不難治，但是得去尋些藥引。」便走出趙府。

　　濟顛趁著尋找藥引的機會，在崑山四處閒晃。晃

啊晃的，看見一名白衣婦人披頭散髮在街上遊蕩，眾人見了她都慌忙走避。濟顛瞧這名婦人，雖然衣服骯髒，蓬頭垢面，但是兩眼清亮如星，嘴角、眉頭都皺在一起，好像含著莫大委屈。濟顛心裡一動，掐指算出婦人急需幫忙，於是一路跟著她。

白衣婦人看見一名瘋和尚穿得比她還髒還破，手持破扇，邊搖邊念念有詞，不禁暗自心驚：「糟了，該不會被這個瘋和尚盯上了吧！不行，我大仇未報，絕對不能出事。」於是她加緊腳步，甩開濟顛來到大街。

大街上喧鬧的鑼鼓聲響徹雲霄。

「肅靜！迴避！」衙役威武的喊著，為剛從京城回來的崑山知縣開道。百姓趕緊走避兩旁。

這時白衣婦人突然衝出人群，跪在轎子前面大喊：「冤枉啊！」

婦人伏倒在地，不肯讓行，前行的衙役粗魯的把婦人拉起來，往旁邊推：「瘋女人，別來鬧事。」

白衣婦人抓住衙役的手，聲音淒切：「大人，我要申冤，求大人為我做主。」

「你這瘋女人，還不住嘴！」衙役揚起手掌正要打下去，濟顛伸手抓住衙役的手臂：「你這傢伙，人家是要申冤，又不是要搗蛋，你怎麼可以打人咧？」

婦人回頭一看：「啊！竟然是那名瘋和尚。」

濟顛對婦人張嘴一笑，口中無聲說道：「別怕，我來啦！」

婦人原本害怕瘋和尚要找她麻煩，但是此刻與濟顛眼眸相對，看見濟顛眼中一抹慈悲，婦人滿腹的冤屈立刻化作眼淚。她眨眨眼，豆大的淚珠撲簌簌的滾下來。

濟顛推開衙役，對轎子大喊：「有案子不辦，只會吃錢，算什麼好官？」

南宋朝廷腐敗，吃錢的官多，清廉的官少，崑山知縣正是少數的清官之一；清官最忌諱的，就是聽到人家說他「吃錢」。知縣一聽濟顛這樣罵他，果然氣得掀開轎簾，喝斥：「誰在胡說八道？」

誰知道濟顛一溜煙的就鑽進人群，不見人影，知縣找不到說話的人，心想：「人家都這樣說了，我不接案豈不是默認自己吃錢？」於是下令衙役把白衣婦人帶回衙門。

回到衙門，還沒開始審問白衣婦人，衙役就把濟顛和一名壯漢捉到堂前來。

「報告大人，這個瘋和尚在衙門外面大吵大鬧，

說他的包袱被偷了，要報官。」

「報告大人，這傢伙偷了我的包袱，你要叫他還我。」濟顛指著壯漢說。

壯漢進了衙門，早就嚇得半死，抖啊抖的說：「我、我、我沒偷他包袱，這是我的包袱啊。」

「你是誰？」知縣問。

「小人湯二，這個和尚剛才在茶館見了我，就黏著我不放，硬要搶走我的包袱。」

濟顛嚷著：「他說謊。包袱明明是我的，裡面有我化緣化來的三百兩銀子。他見錢眼開，偷了我的錢。」

「我沒有啊！大人冤枉！」湯二急忙搖手否認。

「住嘴！」聽見又有人喊冤枉，知縣不禁有點惱火。他看濟顛穿著不整，神態瘋癲，忍不住說：「怎麼搞的，天下的瘋子都聚集到崑山縣來了。先是一個瘋婦鬧街，現在又來了一個瘋和尚鬧衙門。去去去，都拖下去先打二十大板再來問案。」

衙役把兩人拖下去行刑，打完湯二要換濟顛，衙役才剛舉起棍子，正要打下去時，堂外有人大喊：「打不得啊！」

知縣一看，驚得立即起身迎接。來人正是臨安太守趙鳳山。

原來趙鳳山聽家僕說，濟顛大鬧崑山縣衙門，被抓去治罪了，於是急忙上衙門救濟顛。

趙鳳山指著濟顛說：「這是我請來為我嬸母治病的聖僧道濟師父，不是瘋子啊！」

知縣也聽過濟顛大名，趕緊命令衙役解開濟顛身上的繩索，請他上座。

濟顛坐在椅子上，搖著破扇子說：「趙鳳山，治你嬸母眼疾的藥引就在我被偷的包袱裡。」

湯二看情勢對自己不利，趕緊大喊：「大人，冤枉啊！這包袱真的是我的，你們不可以因為和這個和尚認識就誣賴我。」

知縣大怒：「大膽，你是指我和聖僧串通嗎？來人，再打他二十大板，看他敢不敢藐視公堂。」

於是湯二又被拖下去打了二十大板。

趙鳳山知道濟顛雖然瘋癲，但是為人慈悲，現在看湯二受罪卻絲毫不為所動，忍不住低聲問濟顛：「師父，這人好可憐，您怎麼不救救他？」

「可憐？哼，可憐之人，必有可恨之處。我看他是咎由自取，一點也不可憐！」濟顛不以為然。

等湯二被打了五大板之後，濟顛喊停。他問湯二：「這包袱真是你的？你再不老實說，我就要他們繼續

打囉！」

湯二的屁股被打到幾乎皮開肉綻。他滿臉鼻涕眼淚的說：「這包袱，真的、真的……」

「真的怎樣？」濟顛問。

湯二「哇」的一聲，嚎啕大哭：「真的不是我的！」

知縣問：「那是聖僧的囉？」

湯二搖頭：「也不是。是李文芳給我的。」

在場的人聽見「李文芳」三字，最感到震驚的，就是在一旁等候的白衣婦人。她抬頭仔細看著湯二，這才覺得湯二有些面熟。

湯二縮著脖子，畏畏縮縮的瞄向白衣婦人，吞吞吐吐的說：「這三百兩是我用衣服和李文芳換來的。」

「胡說！你是什麼名人？衣服值三百兩？」濟顛喝斥他，要知縣再打他二十大板。

湯二一聽又要被打，急了，只好將事情的原委一五一十的說了出來。

李文芳是崑山孝廉＊，李家次子。李家產業甚豐，原本掌家的是李家長子李文元。一年前李文元過世，留下了一妻一子，因為孩子還小，所以家業就由李文

＊孝廉：「孝順親長，廉能正直」的意思，是古代選拔人才的方式之一。

芳掌管。<u>李文芳</u>的經商手段沒有<u>李文元</u>老練，處事也比較急利獨斷，因此在商界的名聲不如<u>李文元</u>。

<u>湯二</u>喘了口氣，繼續說：「他叫我給他一套衣服，又要我闖入他大嫂<u>趙玉貞</u>房裡躲起來，等到有人來打掃的時候再跑出來。<u>李文芳</u>說只要我聽他的，他就給我一大筆錢。我拿了錢之後，本來想到其他縣城過日子，誰曉得半路遇到這個和尚。大人啊！都是<u>李文芳</u>的錯啦！我是被逼的啦！」

此時，堂下的白衣婦人忽然發出一陣淒屬的哭嚎。她掙脫衙役，跪爬到前面，不停的磕頭：「我就是<u>趙玉貞</u>，我清白過日子，卻受到這種冤屈，我不甘心啊！求大人和聖僧為我申冤。」

<u>濟顛</u>慈祥的看著她：「妳有什麼冤屈，慢慢說。太守大人和知縣大人都在這裡，沒有人可以傷害妳。」

<u>趙玉貞</u>說：「是，多謝聖僧。先夫就是<u>崑山</u>孝廉<u>李文芳</u>的大哥<u>李文元</u>，我與他夫妻情深，生了一個兒子，生活幸福美滿。沒想到一年前，先夫染上急病去世了。因為兒子還小，我想<u>李</u>家豐厚的家業不可無人治理，便拜託<u>李文芳</u>代理先夫治家。那天，我娘家的人來拜訪，我本來抱著兒子與母親坐在大廳閒聊，突然覺得一陣暈眩，就把兒子託給母親照顧，自己回房歇著。

過了一會兒，卻聽到僕婦在門外尖叫，我恍惚間彷彿看見一個人影衝出房門。我嚇得連忙披衣下床，沒多久<u>李文芳</u>就帶著僕婦進我房裡翻翻找找，搜出一套男人的衣服，然後就指控我不守婦道，把我拖到祠堂公審。我娘家人當時又氣又急，不知道該怎麼辦，我爹一怒之下，竟然說我敗壞道德，死了乾脆。於是<u>李文芳</u>就給我白綾一匹、剪刀一把，要我自行了斷。」

<u>趙玉貞</u>抽噎了一聲，繼續說：「冤從天降，我當然抵死不認罪，可是在場的人全都不相信我的清白，連娘家人也不認我。我心一橫，拿起剪刀就想直接到地府找閻羅王討公

道。就在這個時候，我看見我的兒子在奶娘懷中哭得肝腸寸斷，奶娘叫我千萬要忍辱負重，免得孩子成了孤兒。我這才醒悟：『憑什麼我要為從沒犯過的錯受辱？不行，我要捍衛我的清白。』於是我裝瘋賣傻，躲過家族公審。他們見我瘋了，就把我鎖在閣樓上，還是奶娘偷來鑰匙，放我出去。我一路上仍然裝瘋保護自

己，來到縣城找知縣大人替我申冤。上天保佑我能在這裡知道事情的真相，求大人做主。」

知縣和趙鳳山你看我、我看你，怎麼也沒想到會聽見這樣一個匪夷所思的故事。兩人又看向濟顛，異口同聲的問：「師父，您說該怎麼辦？」

「笨！快傳李文芳來對質啊！」

李文芳一上公堂，當然矢口否認：「我可是崑山的孝廉耶，是公認的好人，怎麼可能會作出這麼惡毒的事？人家說最毒婦人心，我看這一切都是我那不貞的大嫂和湯二共謀要陷害我吧！」

濟顛勃然大怒，跳下椅子，用扇子搨了李文芳一個巴掌：「你這個假孝廉真丟臉，心比蛇蠍還毒！」

李文芳一聽，支支吾吾不敢說話，濟顛扯開湯二的包袱，拿出裡頭的紋銀說：「這紋銀正好三百兩，你還想賴？」

「我大嫂也可以給他三百兩啊！」李文芳仍要抵賴。只聽雷聲作響，一道閃電打穿屋頂，直直炸在李文芳面前，嚇得他當場尿溼了褲子，趕緊認罪。

濟顛還趙玉貞清白之後，從脖子上搓下一顆伸腿瞪眼丸，遞給趙鳳山，說：「拿去給你嬸母服下，保證

她眼睛亮晶晶、看清清。」

趙鳳山依照指示讓嬸母服下丸藥，她的視力果然立刻恢復。

一趟崑山之旅，濟顛不僅治病還審案，讓他的神通又添一筆，他在民間的聲望越來越高，越來越多人信服他的法力，愛戴他的慈悲濟苦，對於他瘋癲的習性也就越來越不在意了。

濟公傳

收服群俠擒鼠輩
雷劈妖道邪氣盡

第十二章

　　幫了<u>趙鳳山</u>的忙之後，<u>濟顛</u>一直住在<u>崑山</u>逍遙。誰知道才過了沒幾天，<u>秦丞相</u>就派了兩名<u>臨安城</u>的捕快<u>柴頭</u>、<u>杜頭</u>請<u>濟顛</u>趕回<u>臨安城</u>，信上還說把<u>柴頭</u>、<u>杜頭</u>撥給<u>濟顛</u>差遣，協助<u>濟顛</u>辦案。

　　因為<u>臨安城</u>出事了。

　　起先，是連續幾名婦女在半夜時無辜送命；後來又不斷有人家裡失竊，鬧得<u>臨安城</u>人人一到夜晚就緊閉門窗，深怕災禍降臨。

　　行凶的人在命案現場都留下一朵紅花和牆上的一隻大老鼠塗鴉做為標誌，毫不在乎的表明他的身分——「乾坤盜鼠」<u>華雲龍</u>，正是江湖上最令人害怕的採花大盜。

　　<u>華雲龍</u>生性殘暴，下手狠毒，而且武功高強，因此無人能制服他。最近他更猖狂的潛入丞相府，盜走

許多寶物，連僕婦和婢女也命喪他的鏢下。

　　秦丞相震怒之下，想到了從前救他兒子的濟顛或許有辦法制服華雲龍，因此派人去崑山請濟顛回來。

　　城裡受華雲龍所害的喪家聽說濟顛回來了，都趕往靈隱寺找他哭訴。有的喪家一看見濟顛，就下跪求他為死者申冤；有的家屬哭哭啼啼的要他趕緊為民除害，還大家安寧平穩的日子。

　　面對這些哭訴，濟顛收斂嬉鬧的神色，跟他們保證，一定會抓到華雲龍。

　　最叫濟顛心痛的是，有個稚童臉上掛著淚痕問：「師父，您抓到華雲龍之後，我娘是不是就可以活過來了？」

　　孩子的娘是華雲龍手下的第一個犧牲者，死得也最淒慘。

　　濟顛嘆口氣，臉色沉重，滿心的悲傷和滿腔的氣憤讓他說不出話來。他氣華雲龍為惡；氣自己只能亡羊補牢抓華雲龍歸案，卻無法撫平這些百姓的哀痛；更氣的是當日滾滾河畔，自己沒有及時搶回被慧偷走的木匣，以致「惡念」灑落凡間，惹出無數禍端。

　　「慧，你可知道你的欲念造成凡間多少人的苦難嗎？難道，這就是你要的嗎？讓凡人怨天，你就快活

了嗎？」

　　一個又一個的問號像一把又一把的刀子剜著<u>濟顛</u>的心，他覺得心好痛⋯⋯

　　<u>濟顛</u>吸了一口長長的氣，再徐徐吐出，轉頭對<u>柴頭</u>、杜頭二人說：「我們走吧！」

　　<u>濟顛</u>帶著<u>柴</u>、杜二人出了<u>靈隱寺</u>，走進<u>臨安城</u>裡的酒館，才坐下，<u>濟顛</u>就動了動鼻子：「你們有沒有聞到什麼味道？」

　　「什麼味道？」

　　「匪味！」

　　<u>濟顛</u>站起來，一下子跳到隔壁桌的客人身邊，聞聞他身上的衣服；一下子又湊到小二剛端出來的酒菜前嗅一嗅。眾人被<u>濟顛</u>突兀的舉動弄得摸不著頭緒，全都帶著興味看他耍把戲，只有一個坐在角落裡的客人不為所動，埋頭吃飯，而且越吃越快。他三兩下扒光飯碗後，抓起剛端上來的燒雞，起身就要往外走，<u>濟顛</u>一個箭步跳到他面前：「別走，讓我聞聞你的味道。」

　　「瘋和尚閃開。」男人不讓他聞，推開<u>濟顛</u>就想跑。<u>濟顛</u>捉住男人的手臂，奪下他的包袱說：「匪味就是從這裡面傳出來的。」

男人大驚，伸手就想奪回包袱。濟顛左手抓著包袱，右手往男人頭上一拍，男人當下定住無法動彈，被濟顛押回官府。

秦丞相聽說濟顛抓到了人，趕緊命趙鳳山升堂審問。

不管堂上再怎麼威逼利誘，男人還是堅不承認。秦丞相問濟顛：「聖僧，您會不會抓錯人了？」

濟顛掏出包袱裡的一雙新襪子問：「這新襪子是你的？」

「是啊。我買新襪子犯法嗎？」

濟顛命令柴頭脫下男人腳上的襪子互相比對，發現舊襪子小、新襪子大。

濟顛問：「你的腳明明才十寸大，這雙襪子我看至少有十五寸，快說，襪子哪偷的？」

男人支支吾吾，說不出話來，臉色蒼白，渾身抖個不停。

濟顛甩甩襪子，又說：「這襪子不僅大而且特別重！是鐵做的，還是裡面裝了鉛塊？」他伸手進去襪子裡頭掏了掏，掏出一顆大珍珠。看見那顆珍珠，秦丞相跳起來說：「那是我的夜明珠啊！原來

131

你真的是偷我珍珠的華雲龍。來人啊，大刑伺候！」

　　男人一聽要挨打，趕緊認罪說：「珍珠是我偷的，但我真的不是華雲龍，我只是他身邊的小弟而已。」

　　男人說他叫劉昌，一向在華雲龍身邊做小弟，聽說濟顛奉命捉拿盜匪，他感到害怕，於是金盆洗手，離開了華雲龍。

　　「那華雲龍現在藏匿在什麼地方？」

　　劉昌支支吾吾的不敢說。

　　「快說！不然我大刑伺候！」

　　劉昌只好招出華雲龍住處。

　　官兵趕到華雲龍住處，發現華雲龍早就得到消息逃走了。

　　濟顛安撫秦丞相：「丞相，這是老天給他機會反省，你就放心把這件事交給我吧，我保證把那隻老鼠抓來治罪。」

　　既然有濟顛拍胸脯保證，秦丞相就再把緝凶的事託付給濟顛。

　　數里之外。

　　「掌櫃，給我來壺燒酒！」一名白晳俊俏的男子走進旅店嚷著。

掌櫃端酒過來，男子一把奪過酒壺猛喝，酒水落喉，眼露紅絲，一張俏臉竟顯得有些奸邪。

一會兒，有個客人走了進來，大喊：「臨安城有救啦！」

只聽他開心的說：「濟顛師父回來了！聽說他是專門為了抓大盜華雲龍才趕回來的，而且已經抓到華雲龍身邊的小弟了。我想啊，過不久那隻臭老鼠一定也會落網，我們臨安城百姓不用再怕啦！」

正說著，一只酒杯砸向說話的人，砸得他頭破血流。那人摀著出血的臉頰，怒說：「誰打我？」

「濟顛算什麼東西，怎麼可能抓到我？」俊俏男子一臉陰暗的盯著說話的人。

原來這個邪氣俊俏的男子就是華雲龍。他作惡多端，向來天不怕地不怕，這回聽說要抓他的是神通廣大的濟顛，才有些忌諱，決定暫時躲躲風頭。

但生性狂妄的他，怎麼可能容忍別人嘲笑他？於是他甘願冒著露出行蹤的風險，也要顯顯威風。

他抓住剛才說話的人邪笑：「任你們的濟顛再神通廣大，也沒辦法馬上來救你吧！」說著一掌劈下，眼看那人就要命喪掌下。就在這個時候，忽聽得一聲：「手下留人！」一柄寶刀斜斜的從旁插了進來，逼得

華雲龍不得不縮手。

華雲龍往後一跳，朝來人打出一鏢：「多管閒事！」

忽然間從另一邊冒出一把大刀，「唰」的一掃打落飛鏢：「都別打了，是自己人！」

華雲龍定睛一看，耍刀的身穿藍袍，長相凶惡，鬍鬚捲曲得幾乎蓋住整張臉，那不是他的結拜兄弟雷鳴嗎？

雷鳴也是綠林中人，平日當人保鏢，或是以尋人、討債維生，年輕時曾和華雲龍結拜。後來因為華雲龍越走越偏，兩人於是漸行漸遠。

「好小子，你怎麼會來臨安城？」華雲龍笑著說。

「我受陳家堡老夫人委託，到臨安城尋找陳家大公子陳亮。」雷鳴用手指向身旁的青年陳亮。雷鳴環視了旅店一眼，低聲說：「你的事我都聽說了，此地不宜久留，先離開吧！」

於是三人快馬離開旅店，直到龍游縣內一座茂密林間，才稍作歇息。

雷鳴問：「華兄，我聽說你脫離了田國本那些壞蛋，改投在江西玉山鏢局楊明門下學鏢法，重新做人，不是嗎？怎麼又在臨安城犯下這些大案

子？」

　　田國本是秦丞相乾弟弟王勝仙的手下，依靠王勝仙的惡名在鄉里間作威作福，強占他人財物，還養了許多江湖盜賊為自己壯大聲勢。華雲龍原先就是投在田國本門下，等到勢力變大之後，就出走獨立做案。後來他為了躲避追捕，才假裝改邪歸正，求江西玉山鏢局的楊明收留。

　　楊明正好與田國本相反，是個為人正派的俠士。他掌管江西玉山鏢局，個性大方豪爽，也養了許多食客；食客中雖然也有雞鳴狗盜之輩，可是楊明全部以禮待之，除了勸其改過之外，還會拿錢財協助創業，或是傳授獨門鏢法防身。

　　華雲龍「哼」了一聲：「我投楊明門下只是想暫時避風頭，順便偷學他幾招鏢法，誰知那個人迂腐得很，老要我誠心懺悔過去的錯。囉嗦，我人都殺了，他要我怎樣？一命抵一命嗎？學到鏢法後，我就騙了他一些銀子，來到了臨安，哪知道會在這裡遇到我以前的小弟。他請我喝酒，我越喝越爽快，一個忘形就……嘿嘿！」華雲龍臉上露出奸邪之氣。

　　雷鳴眉頭一緊，正要出聲，陳亮已經搶先說話：

「華兄，回頭是岸，濟顛師父心懷慈悲，你早點投案，他會保你免除死罪的。」

「你這小子，要你多管閒事！」華雲龍對陳亮的話不滿，轉身想走，雷鳴急忙當和事佬：「別生氣，我知道附近有間飯館菜不錯，我請大家吃飯，其他的先放在一邊吧。」

雷鳴推推陳亮，要他別再多嘴。陳亮心想：「我先不說話，找個機會勸華雲龍投案去，或者向師父通風報信，這麼一來，師父就不會再生我的氣了。」

三人走進酒館，還沒坐下就聽見飯館二樓有人喊著：「陳亮，好徒弟，幫我把華雲龍給捉來啦！」

三人抬頭，看見一名歪戴僧帽、滿臉鬍渣的和尚，咧著嘴對他們笑。陳亮見了，心喜的喊：「師父，您怎麼會在樓上啊？」

華雲龍一聽陳亮喊「師父」，立刻警覺那和尚正是濟顛。他怒視雷鳴：「可惡，原來你們兩個早串通要捉我啊！」

華雲龍向雷鳴射出一鏢，雷鳴揮刀打落，正想要辯解，華雲

龍又連射三鏢——一鏢被陳亮橫刀擋開，另兩鏢被濟顛從樓上吐下來的口水打落在地。

　　華雲龍抬頭看濟顛一眼，面露驚恐，原來濟顛的神通不是假的。華雲龍擔心久戰下去自己會居於劣勢，於是扔下一句：「改日再取你的小命！」便奪門而出。

　　雷鳴本來想追上去解釋，卻被陳亮拉住：「雷大哥，華雲龍正在氣頭上，根本不會聽你的解釋，我師父正在樓上，我想他一定有辦法。我們還是先上樓去找他吧！」

　　像是附和陳亮的話似的，濟顛喊著：「好徒弟，你說得真對，把你的朋友一塊請上來吧！」

　　雷鳴雖然不是大奸大惡之人，畢竟作過一些惡事，聽說濟顛要見他，心裡實在很不願意，可是陳亮卻又拉著他胳臂硬要他上樓，雷鳴當下真是陷入了兩難。陳亮見他猶豫，又催他：「雷大哥，先上去啦，濟顛師父不會對你怎樣。」

　　「你又知道了。」雷鳴「啐」了一口，才心不甘情不願的上樓。

　　到了樓上，雷鳴看見名氣響叮噹的濟顛竟然葷酒不忌，穿著破爛骯髒，他心中原本的畏懼，馬上轉為

不屑。他心想：「我以為濟顛有多神通，想不到長這副骯髒的瘋乞丐模樣。哼！陳亮是給狗屎糊了眼嗎？竟認瘋子做師父？哼哼！待我要耍這個瘋子，讓陳亮看清楚他認的是什麼狗屎師父！」

雷鳴趁濟顛和陳亮說話之際，掏出懷裡的毒藥偷偷倒進酒壺中。

濟顛本來正問起陳亮這些日子的狀況，突然間他話鋒一轉，舉起酒杯看著陳亮：「好徒弟，如果我被人害死了，你會怎樣？」

「我一定幫師父報仇，殺了那人！」陳亮說。

「錯，殺了他，冤仇依舊在。你的——」濟顛一口喝乾酒杯裡的酒，正要說話，突然眼睛一翻，往後「咚」的栽倒下去。

「師父？」陳亮嚇一跳，跪下想探濟顛的鼻息，雷鳴卻捉住陳亮的手：「你完蛋啦！陳亮，你竟敢毒害你師父！還不快跑？」

柴頭、杜頭一開始看見濟顛突然暈了過去，還不知所措；等聽見雷鳴的指控，連忙抄起刀劍要捉陳亮。雷鳴一手一個將兩人摔下樓，然後拉著陳亮破窗而逃。

陳亮驚慌失措的跟著雷鳴逃了一會兒，驚覺不對，趕緊停下腳步：「雷大哥，不對啊？我明明沒有毒害師

父，你怎麼可以誣賴我？」

「哼！他喝我一杯毒酒就昏過去了，這麼沒用，哪有什麼神仙本事？我看你拜的根本是個沒本事的瘋子。」雷鳴不屑的說。

突然間傳來一陣大笑：「我這個瘋子的確沒什麼本事，只是百毒不侵；還有，跑得比你們快！」只見一人從前方樹上跳下，兩人一看，那不是濟顛是誰？

濟顛伸手一指，用定身法定住二人，劈頭就是一頓罵：「你們這對活寶，真是一個笨一個壞。看我喚些蠍子來把你們身上的壞東西、笨東西螫乾淨。」話才說完，不知道一下子從哪裡冒出一群青色大蠍子，舞螫擺尾的，爬過來圍住兩人。

濟顛「哼」了一聲，轉身就走。

陳亮和雷鳴兩人呆站在樹林裡，不敢動也不能動，只能眼睜睜的看著蠍群在腳下爬來爬去。此時林外傳來了一陣爭吵聲，凶狠的音高，求饒的音低。

「把錢給我！」

「這錢是要給我母親治病用的，不能給啊！」

「囉嗦！給我錢，你母親一時死不了；可你不給我錢，她的兒子就會立刻沒命！」

雷鳴低聲說：「這人真可惡，連人家母親看病的錢也搶。」

陳亮回答：「可惜不能動，不然真想給他點教訓。」話一說完，蠍子就全都不見，而且手腳也可以動了。於是雷鳴、陳亮兩人衝出去，把搶錢的人痛打一頓。

兩人決定先找家客棧投宿，再作打算。

出了樹林，迎面就是一間客棧，兩人坐下後，雷鳴舉杯跟陳亮道歉：「你那師父確實有些神通，我不該以貌取人，毒害他。」

陳亮說：「濟顛師父外表瘋癲，但胸懷慈悲，法力無邊，華雲龍被捉到是遲早的事。不如我們聯手勸他投案，也可抵銷你毒害師父的罪過。」

雷鳴正想答應，卻感覺一陣眼花，身子發軟。他想出聲示警，卻看見陳亮已經暈了過去，自己也跟著眼前一黑，倒了下去。

原來這是間黑心客棧，店主就是剛才在林間搶錢的那個壞人。他見兩人上門，哪有不報仇的道理。他將被迷昏的二人丟到後院，再放火準備燒死他們。

火勢凶猛，眼看就要吞噬雷鳴二人，突然一陣香風拂來，火勢逆轉燒向客棧和店主，店主逃生不及，立刻命喪火場。

濟顛從樹林中緩緩走到雷鳴二人身旁，朝兩人天靈蓋一擊掌，喚醒兩人。雷鳴與陳亮清醒過來後，看見周遭情勢，馬上知道是濟顛顯神通解救他們。陳亮感激的叩謝濟顛再救之恩，雷鳴則是又羞又愧，對濟顛感念更深。

　　「師父，求您也收我為徒吧！」雷鳴說。

　　濟顛揮揮手：「再說吧！你們兩個最近走衰運，還是趕快離開龍游縣，以免遭殺身之禍。」隨即轉身離開。

　　雷鳴二人聽從濟顛的話，正打算離開龍游縣，想不到還沒出縣界就遇見華雲龍。

　　雷鳴想跟華雲龍解釋先前的誤會並勸他投案，但華雲龍聽都不聽，雙手飛鏢連射，不殺二人誓不罷休。這次沒有濟顛相救，雷鳴、陳亮武功比不過華雲龍，擋了數鏢，較笨拙的雷鳴就被毒鏢射中胸膛，不到幾秒鐘就面色發黑，倒地不起。

　　陳亮扶著雷鳴，對華雲龍大喊：「你這麼執迷不悟，不怕天打雷劈？」

　　華雲龍狂笑：「我壞事作盡，已經一腳踏進地獄了，多殺一個、少殺一個，有差嗎？」說著一鏢射向陳亮。

濟公傳

忽然他聽得一個熟悉的聲音喝道：「著！」另一支飛鏢就從右邊飛出，就這麼不偏不倚的將華雲龍的飛鏢擊落。華雲龍大驚，扭頭一看，出鏢的正是當初收留他的江西好漢楊明，他身後還跟著一個年輕人，看起來也是個習武之人。

華雲龍的鏢法是學自楊明，因此他不敢使鏢，只好改用劍；但楊明不僅鏢法了得，劍術也高超，加上陳亮以及楊明身邊的年輕人聯手進逼，不過數回合，華雲龍已經支撐不住。他牙一咬，將身上的毒鏢奮力射出，再趁三人閃避時，逃之夭夭。

「不要追了，救人要緊。」楊明說。華雲龍的飛鏢與用毒絕技皆是師自於楊明，楊明一眼就認出雷鳴中的是自家的毒，他立刻從懷中取出解藥，敷在雷鳴的傷口上。不一會兒，雷鳴就醒了過來。

楊明表明自己的身分，並向大家介紹陸通。

陳亮說：「原來您就是江西鏢局的楊明前輩，您怎麼會來到龍游縣呢？」

楊明捶胸頓足，既是懊惱又是生氣：「都怪我識人不明，養出一隻大盜鼠華雲龍害人無數，又引進一隻大惡狼張榮毀我家庭。」

楊明說，他家有個食客張榮，本來是江湖小賊，

說要洗心革面，因此特地前來求楊明收留。楊明將他留在鏢局，供他吃住，還給他一份工作。前些日子，楊明的女兒剛好在楊明外出時上鏢局送飯，張榮見他女兒秀色可餐，大膽出言調戲。楊明的女兒反脣相譏，罵他恩將仇報，張榮惱羞成怒，竟然失手打死了她。之後張榮畏罪逃走，臨走前還放火燒毀鏢局。所以楊明四處找尋張榮，要報此深仇大恨。

陳亮說：「那張榮和華雲龍一樣可惡，楊大哥，您放心，我們幫您。」

「多謝各位。我聽說張榮如今躲在凌霄觀內，可是那道觀的觀主華清風法術高強，我擔心……」

「怕什麼？我們有四個人呢！」陳亮拍拍胸脯，接著問：「凌霄觀在哪？」

「就在本縣的古天山上。」

一聽到凌霄觀就在龍游縣內，雷鳴、陳亮面露難色，因為濟顛才剛交代要他們儘速離開龍游縣。可是，如今楊明需要幫助啊！

陳亮頭一甩：「算了，換作是師父，也不可能為了保命而棄朋友不顧。」

雷鳴為了報恩，也決定把個人生死拋一邊，要和楊明一同去凌霄觀找張榮算帳。

四人一起前往凌霄觀，在上山途中，竟撞見華雲龍搭著張榮的肩，有說有笑的走下山來。原來凌霄觀觀主華清風正是華雲龍的叔叔。華清風身為修行人卻不修心性，所以雖然法術高強，但都不用在正途，專走旁門左道，平時以施邪法恐嚇人謀生，是個邪惡的神棍。

　　華雲龍走投無路，前來投靠華清風，正巧遇見也來投靠的張榮。兩人過去都曾投在楊明門下，本來就是舊識，談起各自的惡事，不僅毫無悔意，反而像是在比誰更壞。兩人越談越得意，相約下山喝酒，結果半路遇見楊明四人。

　　「真是冤家路窄！」華雲龍「啐」了一口：「上回我不跟你們計較，現在你們自己倒是送死來了！難道你們不知道……」華雲龍挑挑眉毛，眼神盡是猖狂：「你們現在踩在我叔叔華清風的地盤上嗎？」

　　「華清風有什麼了不起？」雷鳴拿起大刀首先出擊，用力往華雲龍砍去：「他來了，我照樣打你這個恩將仇報的畜生！」

　　其他人也加入戰局，眾人打成一團，難分難解。華雲龍嘴上功夫了得，拳腳功夫卻比不上楊明，加上陳亮招招進逼，華雲龍很快就招架不住。張榮更慘，

他被陸通的大鐵鎚和雷鳴的大刀逼到山崖邊，幾乎小命不保。

就在此時，華清風趕到，施起一陣陰風，迷昏楊明四人，還把他們捉回凌霄觀。

一回道觀，華雲龍就說：「叔叔，趕緊殺了他們，以絕後患！」

「不行，我留這四人要煉劍用！」

原來華清風有一件厲害的法寶，名叫「子母陰風劍」，如今即將煉成。

華清風說：「子母陰風劍法術高強，不僅可駕馭活人，連死人也可使喚，如今只要再用五色心餵食它，就大功告成了。」

「五色心？」

「就是黑、紅、白、青、紫，五種顏色的心，那五個笨蛋正好符合，哈哈。」說完，就命令下人將楊明等人帶上來。

張榮看見楊明，正想出言再譏笑他幾句時，華清風突然魔爪一伸，插入張榮的胸口，抓出一顆墨黑色、臭氣沖天的心。張榮驚駭的看著這顆黑心，還來不及張口，胸前就噴出一道血泉，立即命喪黃泉。

眾人看見這麼血腥恐怖的畫面，全都嚇得說不出話來。陳亮忍不住悲鳴：「師父，救我啊！」

　　華清風陰陰邪笑：「等你師父救你，不如等投胎做人來得快。」說著伸出魔爪，就要挖陳亮的心。

　　就在此時，一道黃痰射在華清風的手上。華清風一痛縮手，回頭一看，只見濟顛站在門外。濟顛用扇子搧了一道強風，打在華清風的臉上，像是賞了他一個巴掌：「邪道，不可傷我徒弟！」

　　華清風搗著臉，又氣又惱，祭起子母陰風劍猛往濟顛刺，濟顛左一搧、右一搧，子母陰風劍不但沒碰到濟顛，反而劍劍都傷到華清風自己。華清風狼狽不堪，丟下子母陰風劍開始念咒，變出一條火龍想要燒死濟顛。

　　濟顛見了火龍，不慌不忙，手指輕輕轉著圈，火龍就這麼隨圈打轉，越轉越小。華清風看法術對濟顛起不了作用，拍拍屁股，就要逃往後殿。濟顛向他一指，火龍變成一隻火箭，「咻」的射向華清風的屁股。華清風屁股著火，痛得哇哇大叫，趕緊跳出窗，往山下逃去，結果在半路上被雷給劈死了。

　　濟顛解開楊明等人的繩索。楊明看看四周說：「糟了，華雲龍逃了！」

濟公傳

一聽華雲龍又逃走了，柴頭和杜頭哭喪著臉說：「師父，怎麼讓他給逃了！」

　　濟顛笑笑說：「不急不急，就要一網打盡啦！華雲龍已經窮途末路，現在只剩下田國本那兒可以去，你們趕緊回去稟報趙太守，點兵上田家抓人。」

　　趙鳳山接到訊息，立刻帶兵趕往田家，緝捕華雲龍。

　　田國本與秦丞相的乾弟弟王勝仙交好，因此根本不把趙鳳山放在眼裡。趙鳳山不卑不亢的笑著說：「聖僧早料到你會這麼說。」他拿出一只令牌，上面寫了個「秦」字，「奉秦丞相口諭，見此牌如見丞相。田國本窩藏欽犯，欺壓百姓，立刻緝捕到案，違者立斬。」

　　田國本當場垮下臉來，乖乖讓趙鳳山抓人。

　　趙鳳山在後花園的地洞內搜到華雲龍，經過多日的逃竄，他俊俏不見，奸邪也沒了，像隻灰頭土臉的地鼠，垂頭喪氣的被戴上刑具，押解回府受審。

　　歷經多天追捕，華雲龍終於落網，濟顛化解了臨安城百姓的夢魘，然後濟顛婉拒臨安城以及鄰近縣市富豪鄉紳的招待，連秦丞相的邀約也推辭不去，一個人悄悄回到靈隱寺休息。

在這次追捕華雲龍的過程中，濟顛看見多道黑煙直竄天際，這代表著有多顆欲念珍珠已經回歸天上；但是他心中沒有喜悅，只有滿腔的悲痛。因為他知道，即使壞人已經被逮，依舊無法修補這一連串慘案的死者家屬他們心中的傷痛……。

第十三章　陸刑廷沒良心　花太歲娶白狗

　　寒冬終有盡頭，華雲龍事件後，臨安城又恢復了往昔的祥和。秋去冬來，冬盡春到，歷經數日霜雪紛飛，太陽終於露臉了，一絲暖和的微風為臨安城送來早春的氣息。

　　一大早，上靈隱寺拜拜的人就絡繹不絕，大家都想在初春年頭到廟宇祈求一年平順。

　　濟顛躺在橫梁上，看著大殿內拜拜的香客，數著：「一吊錢、兩吊錢、三吊錢……」

　　「道濟，你在上面做什麼？還不快下來！」廣亮斥喝聲雖小，但怒氣可不小。

　　「師兄，我在上頭幫你算算今天廟裡賺了多少香油錢，你別吵啦！」濟顛的音量倒是很大，惹得祝禱的香客們興致高昂的看著兩人。

　　廣亮又氣又惱還想罵人，濟顛已經溜下來了，他

推開廣亮直直走向香客，看著一名拿香的美貌婦人，眼睛轉也不轉。

　　婦人被濟顛看得有些不好意思，正不知如何是好，婦人身後竄出一個壯漢。他名叫竇永衡，是臨安城的打虎英雄。濟顛一直盯著看的婦人就是竇永衡的妻子周氏。

　　竇永衡面色鐵青的說：「和尚，你一個出家人一直盯著我妻子看，羞不羞啊？」

　　濟顛轉頭看向竇永衡，嘖嘖說道：「不妙啊，你印堂發青，大禍就要『枷』身啦！」

　　誰喜歡在新年剛開始就聽到這種詛咒？竇永衡惱了起來，握拳想打濟顛，可是顧忌廟裡人多，只能悶哼一聲，拉著周氏離開。

　　濟顛也真不識相，竟然追了過去，還要纏住人家。竇永衡終於忍不住，一拳就揍了過去。濟顛笑嘻嘻的跳開，只說：「我叫濟顛，改天你如果有難，就喊我三聲，我一定去救你。」

　　竇永衡生氣了：「誰那麼倒楣要你這個不正經的和尚救！哼！」說完，頭也不回的，拉著周氏，氣沖沖的離開了靈隱寺。

　　竇永衡回到家中還是氣憤難平，忍不住把氣出在

周氏身上：「都是妳說要拜拜，才會遇見瘋子，倒楣、倒楣。」

周氏見丈夫在氣頭上，不敢多話，趕緊躲進屋內。

一會兒有人敲門，竇永衡開門，看見一隊官兵站在自家門前，問：「你是竇永衡？」

「正是，幾位官爺有什麼事？」

「好，來人哪，把他押回去。」

竇永衡奮力抵抗：「我又沒犯法，你們為什麼要抓我？」

官兵一杖打下，大罵：「你犯了白沙崗搶案，罪證確鑿，還想抵賴？」不論竇永衡怎麼辯解，官兵們就是不聽，三兩下就把手鐐腳銬套在他身上，把他押上囚車，送往官府。

周氏聽見吵鬧聲追出門來，卻只來得及看見門前揚起的煙塵。

「怎麼會這樣？我該怎麼辦才好？」周氏急得不知如何是好，忽然想起丈夫的好友蘇北山，猜想他或許有辦法，於是趕緊出門。

蘇北山聽到兄弟落難，馬上答應救人。

周氏謝過蘇北山，走出蘇家沒幾步，一頂轎子停在她旁邊，轎夫七手八腳摀住周氏嘴巴，將她綁上轎

子就快速離開。<u>周氏</u>的婢女嚇呆了，愣了幾秒才回過神來，趕緊回頭去找<u>蘇北山</u>。

<u>蘇北山</u>一聽，心想：「這種怪災厄大概只能請<u>濟顛</u>師父來解決了。」於是趕緊上酒樓找<u>濟顛</u>。<u>濟顛</u>遠遠看見<u>蘇北山</u>急急忙忙的朝他奔來，心裡就知道是怎麼一回事了。

「自救人救，你稍安勿躁，晚點再說。」<u>濟顛</u>繼續吃肉喝酒，像是不在意似的。

一頭霧水的<u>竇永衡</u>被押上公堂，旁邊跪著的兩個人犯<u>王龍</u>、<u>王虎</u>，一看見<u>竇永衡</u>就指著他：「大人，他就是主謀，<u>白沙崗</u>搶案就是他帶著我們兄弟一起做的。」

<u>竇永衡</u>辯稱從沒見過兩人，可是坐在公堂上的刑廷<u>陸炳文</u>根本不聽，大筆一揮，立刻定他死罪，押入牢中，等候處決。

<u>竇永衡</u>做夢也沒想到，原來這一切都是因他妻子<u>周氏</u>而起。

因為<u>秦丞相</u>的乾弟弟、<u>臨安城</u>的大惡棍花太歲<u>王勝仙</u>看上了<u>周氏</u>，想娶她為妾，他的學生<u>陸炳文</u>就想出了這條毒計，先陷害<u>竇永衡</u>，再強擄<u>周氏</u>送進<u>王府</u>。

可憐的竇永衡在獄中想破頭也想不出禍從何來，忽然間，他想到濟顛的話，心想：「反正要死了，就喊他三聲吧。」

喊完三聲「濟顛」，不見任何改變，竇永衡苦笑了一下：「唉，我真是個白痴，竟然會相信一個瘋和尚的話。」之後便絕望的倒向牆邊等死。

另一邊，濟顛還在酒樓裡吃吃喝喝。眼看濟顛開心的一杯接著一杯，蘇北山雖然焦急萬分，也不敢催促半聲。突然一人急步走進酒樓，一看見濟顛就大喊：「聖僧，原來您在這兒！拜託，快隨我救人去吧！」

來人原來是李懷春。「刑廷陸炳文大人的肚子突然脹得像懷孕了似的，我行醫多年從沒看過這種病。拜託您去幫他看看吧！」

濟顛喝完杯中的酒說：「好，我們走吧！」

蘇北山急忙的問：「師父，那竇家怎麼辦？您就這樣不管啦？」

「等我幫陸炳文接生之後，竇大個兒的災厄自然就消啦！」

濟顛來到陸家，看見消瘦的陸炳文此時肚子大得不得了，好像懷孕九個月的婦人；他尖聲喊疼的聲音，

也和婦人分娩時的慘叫一樣。

　　濟顛拍拍陸炳文的肚皮，說：「這個容易治，只要良心三顆加清白一個。你快升堂審案，叫王龍、王虎把良心吐出來給你。」

　　陸炳文聽了濟顛的話，立刻就知道他是在暗示自己的病全因証人下獄、擄人妻子而來。陸炳文這時也顧不得巴結王勝仙了，連忙半夜升堂，重審白沙崗搶案。陸炳文頭昏昏、腦沉沉的問堂下：「王龍、王虎，你們可有良心？」

　　王龍、王虎互看一眼，不明白陸炳文的意思。

　　陸炳文拿起驚堂木用力一拍，大喊：「你們如果有良心，怎麼會誣賴竇永衡？來人，大刑伺候！」

　　王龍、王虎見陸炳文行事反覆，心裡覺得很奇怪，之前明明就是陸炳文要他們誣陷竇永衡，現在卻又要他們說實話。

　　兩人心想，為了不討打，還是說出事實吧。

　　問出事情真相後，陸炳文當場判竇永衡無罪釋放，還他清白。

　　說也奇怪，這一判完，陸炳文的肚子立刻像汽球洩氣般逐漸縮小。更怪的是，陸炳文看肚子消氣了，竟然眼睛一翻，就這樣昏死在公堂上。

竇永衡被放出官府，驚訝的看見蘇北山和周氏正等在外面。原來蘇北山聽了濟顛的話，已經命人先潛入王府救出周氏。蘇北山備妥馬車，又贈送給他們夫妻銀兩，說：「聖僧有交代，要你們先去鄉下躲躲，等聖僧收拾王勝仙這個大惡棍之後，你們再回來吧！」

竇永衡託蘇北山向濟顛道謝，然後夫婦二人趕緊逃到安全的地方。

陸炳文清醒過來，知道自己釋放了竇永衡，周氏也逃跑了，心想：「這下糟了！等王勝仙回來一定會判我的罪。」

他想來想去，想起市場賣畫的梅成玉專門賣美人畫，必定知道哪兒有美人，於是速速傳喚他，問他畫中美人是誰。梅成玉答說，畫中美人即是他的妹妹。陸炳文大喜，命令下屬拿銀兩給梅成玉：「這是王勝仙大人的聘金，你把妹妹打扮打扮，明早送進王府做王大人的小妾吧！」

梅成玉大驚，想推辭又不敢，回到家中與妹妹商量之後，決定兩人連夜逃跑。梅成玉收拾好行李，便去跟隔壁的董平告別。

董平知道事情經過後，勃然大怒：「哪有這種事？別走，我請聖僧幫你！」

「誰要我幫他？」濟顛忽然從門外搖著扇子走進來。

兩人把事情說給濟顛聽。濟顛聽完，眼睛轉了轉，目光落在董平養的三隻狗身上。他走到其中一隻大白狗前蹲下，摸摸狗頭，笑說：「你這隻狗兒長得真好看，姿色不輸梅家小妹，我看就讓牠代梅家小妹出嫁吧！」

濟顛喃喃念咒，大白狗竟然站立起來，變成一個白衣俏麗女子。濟顛又變出一頂紅蓋頭、一身紅嫁衣，披在白狗變成的女子身上。他轉頭對梅成玉說：「明天你就送這個『妹妹』出嫁吧！」

隔日花轎上門，梅成玉送白狗新娘上轎。由於擔心被識破，他心中一直忐忑不安。董平拍胸脯保證：「濟顛師父神通廣大，你別擔心啦！」

嗩吶吵吵鬧鬧的把花轎吹進王府。

花轎剛停，王勝仙就一個箭步衝上前，迎「新娘」下轎。他喜孜孜的掀起紅蓋頭，看見一個國色天香的美貌女子，也不管她明明不是周氏，猴急得就要親下去，突然——

一聲嚎叫和數道血水從王勝仙臉上噴出！只見他摀住臉鼻，鮮血夾雜著哀嚎從指縫中迸出來。在場觀

禮的賓客見了，全都驚慌失措，亂成一團。大家都沒注意到原本站著的新娘不見了，也沒注意到有隻披著紅巾的大白狗趁眾人擁上前時，一溜煙跑走了。

王勝仙在地上打滾，雙手摀著臉，嘴裡不清不楚的嚷嚷著。老半天大家終於聽懂他是在喊：「笨蛋，快找大夫啊！」眾人這才回神，趕緊派人去找大夫。

大夫前來，扳開王勝仙的手，一看——王勝仙的鼻子不見了，只剩下兩個血窟窿，上嘴唇也被咬得破破爛爛的！

不用大夫明說，眾人看到王勝仙的傷勢，也都清楚，就算是華陀再世，也救不了他。王勝仙撐了幾日，就不治而死了。

秦丞相得知王勝仙慘死的消息，並沒有多大的反應，因為濟顛早就事先向秦丞相解釋過了。濟顛告訴他，死生有命，禍福自做，要他平心接受這件事。秦丞相也知道王勝仙壞事作盡，有這樣的結果是報應，從此以後更虔心向善，造福百姓。

解決了臨安城的大惡棍，臨安城一片太平，濟顛開心的和大家上酒樓，喝酒慶賀。

第十四章　搭救表弟　渡化蓮花羅漢

臨安城百姓為了答謝濟顛替他們除去華雲龍和王勝仙這些大惡人，幾乎天天都有人上靈隱寺邀他吃飯喝酒。這天，蘇北山等人又在臨安城最大的酒樓宴請濟顛。當大家酒酣耳熱開始胡亂說笑時，窗外突然響起轟隆轟隆的雷聲。

濟顛望向窗外，看見一道閃電劈下，路旁的一棵樹瞬間被劈成兩半，空氣中傳來陣陣焦味。

「好可怕的雷啊！」蘇北山說，眾人也點頭附和。

陳亮轉頭看見濟顛怔怔的看著天空，似乎若有所思，忍不住出聲：「師父，您怎麼啦？」

濟顛搖搖頭，然後像是自言自語的說：「我只顧著找回欲念珍珠，差點忘了他的事也得處理……」說著說著，濟顛突然起身，往樓下走。

眾人看見濟顛突然離開，都感到很錯愕，陳亮追下樓問：「師父您要去哪？」

「去救我表弟。」

濟巔走入逐漸增大的雨勢，很快的就不見人影。

濟顛在雨中快速的行走，直到城郊的一座涼亭才止步。他看看左右：「人還沒到？那好，我先在這歇會兒。」說完，便躺在涼亭的椅子上，倒頭就睡。

沒多久，有一老一少也走進涼亭來避雨。

「這雨怎麼說來就來啊？」那名年輕人一邊擦拭臉上的雨水，一邊說。忽然聽到有人回應：「不只是雨說來就來，災禍，也是說來就來！」

年輕人轉頭，發現涼亭內原來還有別人──一個身穿破衣，滿臉汗痕鬍渣的和尚。

濟顛對年輕人笑笑，年輕人也點頭回禮，心裡納悶：「這和尚說話怎麼這麼直接？」

蹲在一旁整理包袱的老人是年輕人的僕人，他的修養不像年輕人那麼好，立刻不客氣的回嘴：「你這出家人嘴巴真壞，難怪一身破爛，化不到什麼東西！」

濟顛聽了也不生氣，還是微笑。他將身體挪近，對年輕人說：「我一整天沒吃飯了，施主你好心給我兩吊錢吧？」

年輕人猶豫了一下，從包袱中拿出錢給濟顛。濟

163

顛收下後，又說：「唉呀，我還想喝杯酒，你再給我兩吊錢好嗎？」

年輕人還在猶豫，老人就開罵了：「和尚你嘴巴壞，又不知清修，居然還想喝酒，真是……」

年輕人阻止老人繼續罵下去，又取出兩吊錢給濟顛：「師父，這樣夠嗎？」

濟顛微笑：「施主你真好心，不過我也不是白要你的錢。我看你印堂發青，大禍就要臨頭，你最好馬上離開這座亭子。」說完，濟顛闊步邁出涼亭，灰色的身影一下子就消失在雨幕之中。

濟顛走後，老人看年輕人仍然盯著濟顛離去的方向，忍不住說：「少爺，這雨那麼大，那個和尚八成瘋了，才叫我們馬上離開，你別聽他的。」

「我沒把他的話放在心上，只是，他看起來好面熟，好像表哥……唉，表哥他現在流浪在外，禍福難測，今天我好心幫人，希望表哥也能遇見好心人幫他。」

「李公子俊逸清秀，怎麼可能會落得一副骯髒模樣？」老人嘀咕著。

年輕人搖搖頭說：「那可說不定。當年修緣表哥不告而別，從此以後音訊全無。我想，他如果不是遭遇不測，要不然就是落魄潦倒，所以不敢跟我們連絡。

唉，希望老天保佑，讓我早點找到修緣表哥，讓爹安心，也好給劉家一個交代。」

這名年輕人就是濟顛的舅舅王員外的獨生子王全，也就是濟顛的表弟。

李修緣幼年時，家裡就為他訂了一門親事，對方姓劉，也是富豪人家。沒想到李修緣後來不告而別，音訊全無。劉家心想這親事拖著不是辦法，要王員外務必找到李修緣，將親事交代清楚。因此王員外叫王全帶著僕人李福出外尋找李修緣。

王全不知道剛才那個落魄骯髒的和尚就是他的表哥，而濟顛卻心中明白。他在酒樓看見打雷閃電時，便覺得有異，於是暗自掐指一算，算出表弟王全正前往臨安城尋找他，而且恐怕有大難臨頭。於是他特意趕往涼亭，假裝偶遇王全二人，留下警告的話，希望能幫助兩人脫險。可惜王全二人並沒有把濟顛的話放在心上，他們仍舊等到雨停之後才離開。

下過雨的山路溼滑難走，李福一個不留神，摔了個大跟斗，跌進旁邊的草叢。

「李福，你還好吧？」王全急忙問道。

李福站起來，拍拍屁股說：「沒事！咦，包袱咧？」

回頭看見幾步外有一個灰色布包，「原來滾到那邊去了。」李福撿起包袱，和王全繼續趕路。

王全主僕進了蕭山縣，見天色已晚，趕緊找了間客棧住下。李福打開包袱要拿錢包，卻沒想到包袱一開，滾出一個黑褐色的大泥團，「咕嚕嚕」的滾到一桌客人桌邊。正在吃菜的客人看見那泥團竟然是一顆人頭，兩隻眼窟窿空洞洞的瞪著自己，不由得尖叫一聲，眼睛一翻，昏了過去。

一下子客棧鬧成一團，官兵聽到吵鬧聲找了上門，聽說泥巴人頭是從王全主僕的包袱中掉出來的，不管三七二十一便將兩人和相關證物一起帶回衙門。

仵作＊檢驗後，回報泥巴人頭是一名女子。知縣一聽是女的，立刻聯想到，前幾天，豬肉販劉喜報案說他的妻子失蹤了。該不會……知縣皺起眉來，喚來捕快劉文通。

知縣低聲問：「你認識劉喜與他妻子嗎？」

劉文通點頭：「我家豬肉都是跟他們買的，當然認識。」於是知縣要劉文通跟隨仵作到後堂去，看看這顆人頭他是否認識。一會兒劉文通奔回知縣面前，悄

＊仵作：古代驗屍官的名稱，相當於現在的法醫。

聲說：「大人猜得沒錯，的確是劉喜妻子的人頭！」

　　知縣立刻派人將王全二人押到公堂上，審問他們為何要殺害劉喜的妻子。

　　王全二人一聽，急忙辯解說人不是他們殺的，但卻又說不出人頭怎麼會在他們的包袱裡。

　　知縣正想用夾棍逼供，卻突然颳起一陣旋風，吹得人睜不開眼，迷迷濛濛間，知縣看見一名灰衣和尚走到桌前對他說：「我幫你破案，你要請我喝酒喔！」

　　「破什麼案？」

　　「泥巴頭案啊！拿去！」和尚丟給知縣一個小紙團，然後乘風而去。

　　知縣揉揉眼睛，看見自己仍然在衙門內，公堂上跪著的是王全二人，並無和尚蹤影，但是，他桌上還真的有一個小紙團。知縣打開紙團，看見上面寫著：「絲線分兩半，大石難攜帶，飛得比兩快，刀落血出來。」

　　「這……」知縣沉吟了一會兒，心裡想：絲線分成兩半不就是「斷」嘛！很難攜帶的大石頭就是指「山」吧！至於飛得比兩快的當然就是「風」啦！刀落血出來不就是說「殺」這個動作嗎？於是知

濟公傳

縣心中得出四個字：斷、山、風、殺！

斷山風、段山峰，知縣想起來了：「這不是那個當初陪劉喜一起來報案的男人嗎？斷山風殺，難道是說人是段山峰殺的？」

知縣想起那個段山峰高大壯碩，卻有一雙極不相襯的細小眼睛。他幫著哭哭啼啼的劉喜描述妻子失蹤的經過時，絲毫不緊張。知縣當時還問他以前是靠什麼謀生的，才知道他原來也是江湖好漢，有一身好武藝，後來遇見老朋友劉喜，才改行當豬肉販。

知縣心想：「難道和尚真的是來幫我破案，指點我段山峰才是殺人真凶？」

為免打草驚蛇，知縣先將王全他們收押在牢中，然後要劉文通趕緊緝拿段山峰到案說明。

劉文通一聽要捉的人是段山峰，馬上就愁眉苦臉起來，因為他知道段山峰武功極高，自己根本不是他的對手。左思右想，劉文通想出一條計策。他決定騙段山峰上酒樓吃飯，趁他酒醉之後再把他抓起來。

段山峰愛喝酒，聽到劉文通要請他吃飯喝酒，哪有不去的道理，馬上一口答應。

隔天傍晚，蕭山縣最熱鬧的酒樓一反常態，只有

少數幾桌客人在樓下用餐，因為二樓已經被劉文通包下來準備宴請段山峰。

沒想到段山峰未到，濟顛倒先來了。

濟顛不顧店小二阻止，硬是走上二樓，一屁股坐在劉文通隔壁桌，嚷著要吃菜喝酒。劉文通斜瞄他一眼，暗示店小二不要緊，儘管讓和尚吃飯吧！

一會兒，菜端上來了，濟顛卻嚷著：「我點的明明是肉絲，你怎麼給我肉排？」濟顛吵著要換，小二很為難，劉文通只好開口解圍：「不如那盤肉排給我，你再幫他炒盤肉絲吧！」

過一會兒，小二端來肉絲，濟顛又吵：「這不是肉醬、這不是肉醬，我要吃肉醬啦！」

段山峰正好上樓，看見濟顛賴在地上吵鬧，忍不住罵：「出家人吃什麼肉醬，亂來！」

濟顛瞪他：「你覬覦人家妻子漂亮，想非禮人家，非禮不成就殺人，你才亂來！」

段山峰一驚，趕緊喝斥：「你這瘋和尚不要血口噴人！」

濟顛站起來撥亂頭髮，翻白眼、吐舌頭，一蹦一跳，跳到段山峰面前：「段山峰，還我頭來！」

段山峰生氣的推開濟顛，轉身要下樓，劉文通急

忙上前拉住他：「你別理他，趕緊過來吃飯吧！」

段山峰坐下喝了一杯酒，劉文通問他：「剛才那和尚為什麼這樣說？」

「我哪知道。」

「段兄，你知道劉喜妻子的頭顱已經找到了嗎？」劉文通又試探問了一句。

「是嗎？在哪兒找到的？」段山峰眼皮跳了跳，又喝下一杯酒。

「在你家後院找到的。」濟顛搶先回答。

段山峰用力拍桌：「胡說！那頭顱分明是在山上找到的，怎麼會在我家後院？」

「你怎麼知道是在山上找到的？」劉文通眼露精光。

「這、這……我聽劉喜說的。」段山峰支支吾吾，額頭冒汗。

「劉喜還不知道我們已經找到他妻子的頭了，怎麼會跟你說？」劉文通按著腰間寶劍，對周圍的差役們打暗號。

段山峰發覺情勢不對，一個轉身抓住濟顛的脖子，大喊：「通通不准過來，不然我就宰了這個和尚！」

劉文通正要勸他放人，只見濟顛突然鼓起嘴巴，

然後用力放了一個屁，「噗」的好大一響，竟把背後的段山峰給震到樓下去，段山峰摔了個眼冒金星，被趕上來的官兵抓個正著。

官兵把段山峰押回衙門。知縣審問後，果然段山峰就是殺害劉喜妻子的真凶，於是釋放了王全二人。

王全和李福走出衙門，看見濟顛坐在石獅子旁邊，用破扇子搧風。看見濟顛，他們馬上猜到一定是濟顛幫忙，於是趕緊上前跟他道謝。

濟顛深深的看了王全一眼，問他：「舅舅還好嗎？」

聽見這句話，王全疑惑的打量濟顛，看著看著，王全喉嚨一緊，問：「你是……修緣表哥？」

濟顛跳下石獅子，朝王全合十：「修緣、道濟，是我，也不是我。」

王全激動的緊握濟顛的手，喊道：「什麼是我不是我，你明明是修緣表哥，怎麼會變成這樣？」

「變成怎樣？」濟顛轉了一圈，問：「骯髒、破爛的和尚？」

王全臉紅了起來，接不下話。濟顛接著說：「這一身皮囊我再穿也沒多久，何必在意？」

「表哥，你別再說些我聽不懂的話了，趕快跟我

回去吧，我爹和我娘都好想你啊！」

濟顛低頭沉思，過了一會兒，他對王全說：「好，事情總要做個了結，我就跟你回去吧！」

三人經過紹興，看見一行人浩浩蕩蕩迎面而來，帶頭那個騎著馬、看起來趾高氣揚的，是個穿著華麗僧袍的和尚。那個和尚好神氣，路過的百姓見了他，有的下跪，有的行禮。

李福不禁說：「這個和尚真有派頭，他出家的廟宇一定香火鼎盛，哪像有的人……」李福意有所指的看看濟顛。

濟顛並不在意李福的輕蔑，他大方的微笑說：「是啊，這和尚好氣派，不知道叫什麼名字？」

旁邊的百姓熱心的回答：「他就是靈隱寺的道濟和尚，法力高強，我們紹興知府特地請他來幫我們除去白水湖的妖怪！」

一聽是靈隱寺的道濟和尚，王全和李福都嚇了一大跳。王全低聲問濟顛：「表哥，他說的道濟和尚，不是你嗎？」

「是我啊！」

「可是那個大和尚……」王全納悶。

李福搶先回答：「你和他必定有一個是假的。」

濟顛笑笑的看著李福問：「那你猜誰是假的？」

李福不敢直說:「當然你這個骯髒破爛的和尚比較像假的。」他眼睛一轉說：「不如我們跟去看看，看誰有本事收妖就是真的。」

濟顛知道李福看不起眼前這個舉止瘋癲、打扮落魄的「瘋和尚」，這個提議根本就是故意要譏諷他。濟顛心裡覺得好笑，於是故意扮小丑，抱著胳膊抖著聲音說：「唉呀，我聽說那個白水湖的妖怪好凶悍，等會兒被妖怪吃了怎麼辦？我才不要咧！」

王全擔心的說：「可是，萬一那個頂替你的和尚捉妖失敗，壞了你的名聲怎麼辦？」

「我的名聲？我沒有什麼名聲可壞啊。」濟顛才不在乎他人的評價。

濟顛不在乎，可是王全在乎。他好不容易找到的表哥，雖然不知道為什麼出家當了和尚，但是他可不能眼睜睜看著表哥的形象受到傷害。因此王全不顧濟顛反對，硬是把他拖去一探究竟。

白水湖畔四周人山人海，都是為了觀看濟顛捉妖而來。

湖東搭起一座高臺，五彩絲線隨風飄揚，穿著體面的假道濟站在高臺上，俯視群眾，站在他身旁低聲講話的，似乎就是知府大人。

假道濟舉起搖鈴叮噹作響，口中念念有詞，過了一會兒，黑雲籠罩天空，嘈雜的人聲瞬間安靜下來，大家緊張的看著湖面。突然間，「潑喇」的一聲，湖中央噴出一道十尺高的水柱，一隻像小山丘那麼大隻的黑鱷魚隨之飛出水面，撞向高臺。高臺攔腰折斷，知府大人和假道濟雙雙落水，鱷魚也躍入水中。

湖面回歸平靜——

瞬間「潑喇」的又一聲，大鱷魚再度躍出水面，頭上還掛著一個人——紹興府的知府大人！

鱷魚把頭一甩，知府大人被拋到湖岸邊，周圍的差役們全擁上去救他。

「道濟師父呢？」有人竊竊私語。

「在那兒！」一個孩子指著鱷魚尾巴嚷著。原來假道濟緊緊抓著鱷魚尾巴，口中仍然念念有詞。

「八成是在念咒降伏妖怪。」有人猜測。

「落水啦！」一個孩子嚷著。只見大鱷魚尾巴用力一甩，就把假道濟甩進湖裡。

鱷魚再度躍入水中。

湖面再度回歸平靜——

然後，「潑喇」兩聲，大鱷魚先躍出水面，接著一隻白龍也跟著躍出。白龍與黑鱷在空中纏鬥，白龍角上還斜掛著一頂繡著金線的僧帽。

原來冒充濟顛的是一隻修練有成的白龍精。這隻白龍精聽說白水湖出了一隻鱷魚妖怪，牠為了逞逞威風，試試自己的道行，因此假扮濟顛來捉妖。

一時之間白水湖上空風雲變色，閃電交加。

龍、鱷鬥了片刻，白龍漸漸敗退，眼看就要被鱷魚撕吞入腹，就在這危急時刻，忽見濟顛躍飛到白龍頭上，手拿破扇在空中比劃，喃喃念咒。大黑鱷看見濟顛，眼露凶光，張牙舞爪，更加囂張。

濟顛說：「孽畜還不投降，好！」他摘下僧帽露出霞光萬道，大黑鱷一驚，知道濟顛是羅漢金身，哪敢再打，轉身就要潛入水中逃跑。濟顛扇子一搨，喝道：「哪裡逃？」大黑鱷在空中瞬間碎成千萬片。

而濟顛則駕龍騰雲而去。

過了好些會兒，天清氣朗。王全睜眼看看四周，已經沒有了濟顛的蹤影。

好不容易找到表哥，卻又讓他跑了，王全感到很失望。他想，還是先回家稟告父親，說表哥還活在世上，讓父親安心，也讓表哥的未婚妻安心吧。

然而濟顛駕白龍離去，並非不想回家，而是他早就算出王員外有難，因此駕龍回家搭救。

王員外有個外甥叫張士芳，生性懶散，好逸惡勞。他看王全過了很久都沒有回來，於是起了歹心。他在王員外每天都要服用的湯藥中下毒，想害死王員外，霸占王家的財產。濟顛騎著白龍趕到時，王員外只剩一口氣。

濟顛從空中躍下，直奔內室，一扇打落張士芳正要餵給王員外的湯藥。張士芳看見一名瘋和尚朝他打來，嚇得跳窗逃跑；等在外面的白龍精見到他，立刻張嘴，一口吞了這個懶散的壞傢伙。

王員外清醒過來，看見一個骯髒的和尚坐在床邊對自己笑，心裡正疑惑著，就聽見門外僕人來報告，說王全回來了。

王全聽說王員外病了，連忙奔進房內，看見濟顛，又看見王員外已經平安無事，真是又驚又喜。王全便把濟顛就是李修緣等事，都告訴父親。

王員外雖然不能諒解濟顛出家，但是木已成舟，又勸不動他還俗，只能無奈的說：「你爹生前給你訂下一門婚事，你如果堅持要出家，至少也該去探望人家，親自把婚事給退了。」

　　不是王員外不願意幫濟顛退掉婚事，而是濟顛的未婚妻因為被悔婚，受到許多嘲笑，因此堅持要「李修緣」親自上門道歉。

　　王員外看著濟顛滿臉鬍渣的落魄樣，不停的搖頭說：「你換件體面的僧袍，把臉弄乾淨，再去見他們，免得劉家說你故意裝得落魄潦倒，是在羞辱他們。」

　　濟顛聽命換了一件乾淨的僧袍，又把鬍子剃乾淨，全身弄得清清爽爽才去見未婚妻。

　　濟顛未婚妻的母親在懷她的時候，夢見一朵白蓮浮出水面，因此將她取名叫做素素。劉素素出生後就不沾葷腥，一直吃素，真是名副其實的「素素」。她自幼寡言沉靜，少惹是非。但是自從李修緣失蹤後，村裡就有謠言傳出，說她帶煞

剋夫，又說她奇醜無比，才會被退婚。

　　劉素素並不在意這些謠言，每天與婢女在自家門前煮粥救濟窮人。然而，這樣的善行仍然無法堵住眾人的嘴，因為劉素素的右半邊臉頰有塊像碗一樣大的黑色胎記，隨著年紀增長，那塊胎記也越來越大，看起來非常嚇人。

　　濟顛來到劉家門前，看見劉素素站在門口施粥。他不上前打招呼，反而排進取粥的隊伍。

　　輪到濟顛時，婢女問道：「你的碗呢？」

　　濟顛直視劉素素，伸出手來：「就倒在我手上吧！」

　　劉素素不解的問：「這粥很燙，會傷到你的手吧？」

　　「姑娘如此善心，怕我燙到手，又怎麼忍心眾生被燙？」

　　「你在說什麼？」劉素素更加疑惑，心想：「這個和尚怎麼有點似曾相識的感覺？」

　　濟顛微笑合十：「別來無恙？」

　　「我們見過嗎？」劉素素問。

　　濟顛搖頭，手指著領粥的長長隊伍，又問她一句：「今天這樣的情景，真的是你想要的嗎？這樣你真的安心嗎？」

　　劉素素環顧四周。以往她只顧著施粥，看見的始

終是眼前遞過來的那只空碗，今天細細一瞧，排隊的人有的瘸腿，有的瞎眼，個個面色蠟黃。他們有的是遭受水患，無家可歸；有的是被奸官所害，顛沛流離。人禍加上天災，造成民不聊生，領粥的隊伍一天比一天長。

「怎麼，天底下的苦難人竟然這麼多？」劉素素驚嘆。

「你後悔了嗎？」濟顛又問。

劉素素這回不看眾人，她看著濟顛一雙明亮清澈的眼睛——那雙眼，如湖水平靜，卻又藏著無數的訊息。她看著看著，那片鏡湖開始翻騰——

雲海縹緲，霧氣蒸騰，滾滾白浪滔滔不絕，站在那頭，身穿白衣、懷抱木匣的人，長得好面善。「啊，那不就是我自己嗎？」劉素素吃了一驚。

一名灰衣男子走近，要奪她懷中的木匣。她一滑，木匣掉落水中，漫出一大片黑霧；黑霧瞬間瀰漫大地，天與地，只剩下一片無窮盡的黑暗……

「原來，一切都是我自作自受，還牽連天下蒼生……」劉素素淚流滿面，她抬起頭來想跟濟顛說話，卻發現濟顛已經消失不見。

「剛才那個和尚呢？」劉素素問婢女。

婢女回答：「早就走啦！」

劉素素拋下湯勺，追著濟顛而去。

終於，她來到一處開滿蘆花的河岸邊，與濟顛隔著河流對望。

「你……你為什麼要『下來』？」劉素素喊。

濟顛看著她，眼露悲憫：「我不忍蒼生受苦，也不忍你執迷。」

劉素素頻頻拭淚，不知道該說什麼。

濟顛折下一支蘆葦，輕輕一吹，蘆葦隨風飄過河岸，落在劉素素跟前。劉素素撿起蘆葦，看見莖上刻著一行小字：「迷路了，就回頭吧！所有的一切，讓我來終結。」抬頭一看，已不見濟顛人影。

劉素素擦去眼淚，感覺指尖似乎有些異物，

定睛一看，全是黑色的小碎屑。她走到河邊，臨水一照，發現臉上的黑色胎記逐漸剝落。<u>劉素素</u>抹去臉上的黑屑，露出一張白皙潔淨的臉蛋。

那天之後，<u>劉</u>家派人四處尋找沒有回家的<u>劉素素</u>。等找到她的時候，發現她已經削髮為尼，出家了。

第十五章　元空去世　離開靈隱寺　歸隱靜慈寺

　　了結與劉素素的塵緣後，濟顛飛快趕回靈隱寺。

　　一進大門，坐在大殿內的元空長老微笑著對他點頭：「你總算趕回來送我了。」

　　元空長老這陣子身體的狀況越來越差，近幾日更是無法行走，整天躺在病榻上。今天卻不知道為什麼，沐浴淨身後，要小和尚扶他到大殿內打坐。

　　濟顛恭敬的走到元空長老面前，合十鞠躬說：「弟子本來就應該回來送師父一程。」

　　元空長老與濟顛兩人相視而笑，旁人卻不懂他們在說什麼。眾人以為元空長老大概是病糊塗了，才會與濟顛胡說些瘋話。

　　元空長老闔上眼睛說：「時候到了。」

　　濟顛哈哈大笑，跟著一拜：「送師父。」

　　兩人坐著不動。

　　過了一會兒，廣亮走過來，先是探探元空長老的

鼻息，接著又探探濟顛的鼻息。

「住持和道濟，都圓寂*了。」一旁的和尚們聽了都開始嚎啕大哭，準備辦理兩人的後事。

沒想到當大家正在幫元空長老更換新僧衣時，突然聽見躺在一旁的濟顛發出嘆息，大家嚇了一大跳，轉頭看見濟顛伸了個懶腰，醒過來。

廣亮嚷著：「你……你不是死了嗎？」

「胡說，我只是陪師父回老家而已，送他到家門口，我就走啦！我還有事要做，不能太早回去。」濟顛搥搥肩又搥搥腰，喊著：「唉呀！這趟路走得好辛苦，去找徒弟們幫我接風洗塵，逍遙逍遙。」

「慢著！」廣亮擋住濟顛：「住持剛圓寂，你就想去喝酒找快活？」

濟顛叉腰：「師父回老家逍遙去了，我也去逍遙逍遙不行嗎？」

「你……」廣亮氣得說不出話來，他脹紅著臉，好不容易從牙縫中进出兩句話：「簡直不知羞恥，實在有辱我靈隱寺的名聲！」

---

*圓寂：佛教用語。指得道證悟的修行人去世。又指修行人卸除煩惱，不用再經歷生死輪迴的境界。

濟顛聳聳肩，掉頭就走，絲毫不在意廣亮的批評。

　　廣亮見濟顛根本不把他放在眼裡，胸中怒火直竄腦門。他咬牙切齒，暗自罵道：「瘋和尚，如今元空已死，再也沒人替你撐腰了，我看你能逍遙到什麼時候？」

　　為了趕走濟顛以及穩固自己的地位，廣亮勾結海棠寺的宗印方丈，協助宗印當選靈隱寺的住持，兩人並計劃把濟顛趕出去。

　　濟顛在徒弟家中逍遙幾天之後，回到靈隱寺，一進大殿就被喝住：「你往哪裡去？」

　　濟顛看見志清抬著下巴，態度傲慢，心裡有底，卻仍然笑著問：「我回自己房裡，不行嗎？」

　　志清把濟顛的包袱丟給他：「這裡已經沒有你的房間！東西拿了快走，靈隱寺已經把你除名了！」

　　「是誰決定的？」

　　「是我。」宗印和廣亮從後殿走出來，廣亮陰陰笑著，向濟顛介紹宗印：「是新來的住持宗印長老決定的。他說你不守清規，毀寺清譽，因此判你立刻離開靈隱寺。」

　　濟顛哈哈大笑：「好啊，要我走，我就走吧！我走了你們可別後悔喔！」

濟顛知道他與靈隱寺緣分已盡，因此瀟灑的離開寺廟。

　　「扇子扇子，我們要往哪裡去？」濟顛邊走邊唱，像是問破扇似的把它往上一拋，破扇在空中打個滾，落在地上。
　　「西南？好，我們就往西南方去吧！」

　　臨安城西南有座天竺山，濟顛往山上走，看見荒煙蔓草之間有座老舊的寺廟，廟門上掛著「靜慈寺」三字。濟顛探頭一看，發現這座寺廟雖然年久失修，破爛不堪，但是仍然有幾個和尚在裡面修行。
　　濟顛說：「這裡真不錯，外表破爛、內在清淨，和我真像！」
　　廟裡走出一名和尚，想問濟顛的來意。一問之下，才知道他就是鼎鼎大名的道濟和尚，還說希望能在這兒修行。他趕緊將濟顛請入寺內。
　　這名和尚法號德輝，表明希望濟顛可以擔任靜慈寺的住持。
　　濟顛說：「當住持我可不幹！我逍遙慣了，拿個名堂綁在我身上，礙手礙腳，想去哪兒玩都不方便，我

才不要當什麼住持。」德輝只好打消念頭。

於是濟顛就這麼在靜慈寺住了下來。濟顛的徒弟們知道濟顛換了間寺廟修行，全都趕到靜慈寺來探望他；那些看在濟顛面子上捐款給靈隱寺的富豪們，也都把錢改捐給靜慈寺。短短幾天，靜慈寺的香火就開始興旺起來。

這些轉變，廣亮和宗印都看在眼裡。兩人不但沒有反省自己，反而認為濟顛是故意拉走靈隱寺的香客，故意讓新住持難堪。

宗印越想越覺得沒面子。自己當上住持，香油錢立即少了一大半，多丟臉啊。宗印的弟弟鄭虎是個專愛惹是生非的混混，聽宗印說到這件事，想為他出口惡氣，竟然趁著夜晚到靜慈寺放火。

這時候正值秋季，天乾物燥，鄭虎的一把火蔓延得十分迅速，一發不可收拾，眼看就要吞噬靜慈寺正殿。寺裡的和尚急得拚命汲取水井裡的水來救火。只是這口水井算是半枯井，井水平日飲用都不夠了，哪有足夠的水能救火呢？

當眾人急得不知如何是好時，濟顛卻緩緩走出門外，脫下破僧袍往上一拋——只見僧袍變成一頂大帳

篷，剛好罩住靜慈寺，剎那間，整座靜慈寺發出耀眼的光芒，濃煙大火全都被擋在僧袍之外。濟顛合掌喃喃念咒，一瞬間七、八條銀白色的巨龍從四面八方飛過來朝大火吐水，沒多久大火就滅了。大火過後，那口井竟然開始出水，清澈的水「噗噗噗」的往上直冒，直到與井口齊平才停下來，靜慈寺從此解了水荒。

濟顛這次大顯神威，讓靜慈寺的香火更加興盛；而壞心的鄭虎在放火之後，過沒幾天就被仇家追殺，一刀砍死了，應驗了天理昭彰，報應不爽的道理。

自從這件事之後，宗印和廣亮大概真的嚇壞了，不敢再找濟顛麻煩，從此專心念經贖罪。

靜慈寺大火過後幾天，趙鳳山就領著大群官兵浩浩蕩蕩上天竺山。

趙鳳山說：「太后今天要到靜慈寺燒香還願，你們快把寺廟打掃乾淨。」

靜慈寺眾僧聽了手忙腳亂，趕緊打掃。過了不久，太后果然駕臨。太后上香之後，問起廟中共有幾名和尚，法號分別是什麼。德輝一五一十稟告。太后又問：「道濟師父是不是在這裡修行？」

德輝回答：「是。」然後趕緊派人去請濟顛過來。

濟顛正在後山與徒弟們吃烤雞、喝燒酒，弄得全

身都是泥巴和酒味，聽見太后要見他，也不將手臉洗乾淨，就入房晉見太后。

太后看見渾身骯髒的濟顛不但不生氣，反而笑著仔細端詳他說：「果然是您。」

「我從過年後就一直生病，宮裡的太醫各個束手無策。前幾天，我做了一個夢，夢中有一個髒兮兮的瘋和尚，給了我一顆黑藥丸要我吞下，我在夢中半信半疑的吞下藥丸，醒過來之後整個人神清氣爽，多日的病痛竟然全都好了。那個和尚，」太后說到這裡，站了起來，伸手指向濟顛，「正是聖僧您啊！」

濟顛微笑合十：「阿彌陀佛！」

太后看看四周說：「聖僧既然在這兒修行，那麼修整寺廟的事就交給我吧，日後我也會再來這兒參拜禮佛。」

太后回到宮中，便請皇上封濟顛為「護國禪師」，並且派趙鳳山幫忙修整寺廟。等到寺廟修整完畢時，太后特地再上靜慈寺參拜，並想找濟顛為她說佛法，可是濟顛早在寺廟修整完畢那天，就悄悄離開了。

濟顛帶著追隨他的徒弟們四處斬妖除魔，掃除各地的匪窩，將遺落在人間的欲念珍珠一顆顆收回天上。

直到多年以後，<u>濟顛</u>才悄悄回到<u>靜慈寺</u>。從此專心念經禮佛，把行俠仗義的事交給徒弟們，不再過問世事。

　　一天，滿臉風霜、垂垂老矣的<u>濟顛</u>在樹下閉眼打坐。睜開眼睛，看見滿山綠意，黃鸝鳥在翠柳間鳴囀，白鷺在綠波間徜徉。

　　「人世多麼美好啊！」<u>濟顛</u>心有所感的讚嘆。

　　<u>濟顛</u>正回想著過往種種時，一名白衣男子懷抱木匣，從樹林中走出來。

　　「<u>降龍</u>！」男子將木匣遞給<u>濟顛</u>。「你數數可有少？」

濟顛數了數，微笑著點點頭：「一顆不少，功德圓滿。」

「功德圓滿！」白衣男子向濟顛深深的鞠躬。

微風飄過，落花翻飛，白衣男子再抬頭，坐在眼前的已不是剛才那個老和尚，而是一個身穿灰袍、溫文爾雅的男子。

「回家吧！」

灰袍男子起身，兩人向前走去，身影淡入林間。

濟公傳──濟世救人下凡去

濟顛收回了欲念珍珠，讓世間又恢復平靜，但是相信你一定對故事意猶未盡吧！回想一下故事，然後回答下面的問題。

1. 你知道濟顛是哪一位羅漢投胎轉世，又是為了什麼原因下凡嗎？

_____

_____

_____

_____

2. 除了濟顛外，你最喜歡書中哪個角色？為什麼？

_____

_____

_____

_____

3. 假如你遇到濟顛的話，你會對他敬而遠之還是親近他？為什麼呢？

_____

_____

_____

_____

4. 如果讓你設計濟顛的造型，你會怎麼設計呢？把你想像中的濟顛畫出來吧！

另有其他學習單，可到三民網路書店下載

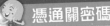

國家圖書館出版品預行編目資料

濟公傳／劉美瑤編寫;莊河源繪.－－初版一刷.－－臺
北市: 三民, 2011
面; 公分.－－(兒童文學叢書／小說新賞)

ISBN 978-957-14-5509-9 　(平裝)

859.6　　　　　　　　　　　　　　　100011276

© 濟公傳

編 寫 者	劉美瑤
繪　　者	莊河源
責任編輯	林易柔
美術設計	石佩仟

發 行 人	劉振強
著作財產權人	三民書局股份有限公司
發 行 所	三民書局股份有限公司
	地址　臺北市復興北路386號
	電話　(02)25006600
	郵撥帳號　0009998-5
門 市 部	(復北店)臺北市復興北路386號
	(重南店)臺北市重慶南路一段61號

出版日期	初版一刷　2011年7月
編　　號	S 857520

行政院新聞局登記證局版臺業字第○二○○號

有著作權·不准侵害

ISBN　978-957-14-5509-9　(平裝)

http://www.sanmin.com.tw　三民網路書店
※本書如有缺頁、破損或裝訂錯誤,請寄回本公司更換。